〔新〕詩論・エッセイ文庫⑯

大手拓次の方へ

愛敬浩一

土曜美術社出版販売

［新］詩論・エッセイ文庫16

大手拓次の方へ

＊

目次

大手拓次の方へ

プロローグ

——詩「蛙の夜」を読む

大手拓次の不遇について触れない人はいないだろうが、それが死後も、ずっと続いていることを知らない人も、また多い。生前は一冊の詩集さえ持つことが出来なかったとしても、その死後には全集も刊行されたではないか、と言う人もいるかもしれない。ただ、その全集は、まだ不完全で、大手拓次についての研究者がほとんどいない現在を、たとえば宮澤賢治とか、中原中也についての研究の充実ぶりと比べて、どう考えたらよいのであろうか。

大手拓次を読め、と強く叫びたいところだが、まあ、一人でも多くの方々に読んでいただきたいものだと思う。そうして、できれば、新しい全集が刊行される環境がつくられることを願う。岩波文庫版の『大手拓次詩集』（一九九一年十一月）を編集した原子朗が、その「解説」で述べた、「ここ数年、私の独力による別の版元からの新全集の編纂の仕事」を遠くから期待していたものの、肝心要の原子朗が亡くなってしまった。白鳳社版の全集から、五十年が過ぎる。この全集にも、文字の読み違えや誤植が、かなりあったと伝え聞く。何とかならないものだろうか。

いつさいのものはくらく、
いつさいのおとはきえ、
まんまんたる闇の底に、
むらがりつどふ蛙のすがたがうかびでた。
かずしれぬ蛙の口は、
ぱく、ぱく、ぱく、ぱく、ぱく、……とうごいて、
その口のなかには一つ一つあをい星がひかつてゐる。

詩「蛙の夜」である。大手拓次は、作品に執筆日時を付けていてくれるのだが、大正八年（一九一九年）二月十一日午前四時二十分前と、細かな時間まで記しているのは珍しい。大手拓次は十一月生まれだから、満で言うと三十一歳時の作品となろうか。前年の九月に、長年、母がわりをつとめた祖母が八十八歳で死去。大正八年十二月には祖父も亡くなることになる。幼くして両親を失った大手拓次は、祖母の死や、祖父の衰えをどのように感じていただろう。

大正八年という年は、作品の数も激減している。

大手拓次は、分身として「蟇蛙」や「蛇」、「青白い馬」や「しばられた鳥」だけでなく、「耳ののびる亡霊」や「笛をふく墓鬼」まで思い描いている。グロテスクな空想によって、大胆に性欲を描くというのが、一般的な拓次の詩のイメージだろうが、もっとシンプルに考えるべきではないだろうか。この詩「蛙の夜」は、すっきりとしていて、なんと幻想的で美しいことだろう。真っ暗で、音もない世界の、あちらこちらで蛙が口を開いたと思ったら、そこに星が光っているというのである。星がまるで呼吸でもするように光っているのが、ここからでも分かる。「ぱく、ぱく」というのが、それだ。いいなぁ。

1　大手拓次には詩が必要なんだ

大手拓次には詩が本当に必要だったんだ、ということを、彼の詩を読み返しながら、今さらながら改めて思った。と同時に、拓次の詩は今も充分に新しいとも感じたのである。平成も終わりになった頃、急に大手拓次の詩が特別なものに思えて来て、拓次の詩について考えることが多くなり、拓次について書き始めることになった。

大手拓次は、昭和九年、つまり一九三四年の四月十八日に四十六歳で亡くなった。ざっと九十年近く昔のことだ。もちろん、大手拓次と言えば、文学史上の詩人であり、教科書にも載っているし、岩波文庫にも収録されているくらいだから、当然のことながら私も昔から知っているし、読んだこともあった。ところが、今になって、急に大手拓次が気になり始め、その魅力に抗することが出来なくなってしまったのである。考えてみれば、大手拓次には詩が必要だったんだというより、私にとってこそ、大手拓次の詩が必要なんだと言った方が正しいのかもしれない。

をんなよ、
それは手ではないか、
おまへのふかいまどはしのなかに
わたしはおぼれる。
なんといふ　おほぞらのやうなはてしないまどはしなのだらう。
をんなよ、
みづのやうにすべてにひろがるをんなよ、
それは　おひそだつ草の芽のよびごゑ、
をんなよ、おまへはあつい吹雪だ　吹雪だ、
ぱつぱつともえたつ吹雪だ。

大正十五年（一九二六年）十二月十六日夜、大手拓次が三十九歳時に書かれた詩「もえたつ吹雪」の全行である。大手拓次が最も彼らしいリズムを刻んだ詩の一つだと思う。「をんなよ」と呼びかける声はしだいに高まり、女の〝惑わし〟に対して、ほとんど抵抗することも出来ない自身に対して、怒りに近いほどの歓びを表している。「もえたつ吹雪」という形容矛盾が女性に対する欲望の激しさをよく表している。まあ、ロックという激しさ

はないにせよ、これはジャズだと言うことは可能なのではないだろうか。
そもそも、大手拓次の詩には即興演奏のようなところがあり、多くは短いもので残念だが、時にスウィングし、まるで大手拓次という密室そのものが〝疾走〟しているようにさえ見えることがある。大手拓次という詩人は誤解されることが多く、童貞で、気弱な作品を書く、ただのオタクのように思われているが、その詩の世界は、荒ぶる魂によって成り立っているというのが本当のところではないだろうか。どんなに静かな作品さえ、その背後には大手拓次の魂が燃えているように思う。たとえば、この詩に、ジャズの巨人であるチャーリー・ミンガスの言葉を重ねてみようか。

ぼくは静かに弾きだした。すると会場がとたんに静かになった。アルコでベースから音を出していると、それは女にむかって恋をささやいているような自分に気がつく。気持はひどく敏感になっているし、やさしく愛撫してやりたい感情を押えつけることができない。横たわっている女に夢中でとびつくという不格好な恋のしかたではなく、結婚した夜の行為みたいなものだ。ただ違うのはぼくの相手は音楽なのである。

とにかくぼくが演奏している対象は愛であり、この地球のどこかでぼくのために生きてくれた誰かの精神にたいしてである。それは遠くのほうにいる、一人の女かもしれない。いやぼくは二度恋におちいったことがあるようだ。ベースを弾くのに気持を集中し、そうした気持のなかで精神が統一してくると、恋した女のからだに触っているような状態になってくる。

植草甚一の「モンタレー・ジャズ祭でミンガスが真価を発揮した」という文章のなかで、植草甚一がジャケット・ライナーのミンガスの言葉を翻訳したものである。ミンガスが音楽で「女のからだ」に触れたように、大手拓次は詩で「女のからだ」に触れたわけだろう。「やさしく始まった演奏が、やがて強い音に変化していく」ように、ミンガスも燃えているのだと思う。

あるいはまた、植草甚一の同じ文章の中での、「彼女のドレスはオレンジ色をしていたが、そのときそれはブルーの絹になった」というミンガスの曲について、次のように書いている。

これはリズムの変化を主にした一種のムード・ミュージックだとミンガスはいい、題名が暗示するようなタイプの女はよく知っているので、それにともなって生じる悲哀感といったようなものが、全体の調子をブルージーにした。しかしそのブルースには怒りの感情がこもっている。そして古風で俗っぽさと汚なさを感じさせるブルースになったが、メロディにはやはり悲哀感が流れているようだ。

要するに、二つのまったく相反した要素がくっつき合い、それが引きはがせないような状態になり、それなら本当にくっついてしまえばいいと思うのだが、永遠に不自然な癒着状態にあることを表現したかったのである。

長い曲の題名は、どうも「金持ちの、高級娼婦を暗示したもの」であるようだから、大手拓次の詩「もえたつ吹雪」とは、少しニュアンスが違う。ただ、「をんな」に魅了される詩人の心には「悲哀感」と「怒りの感情」があり、やっぱり、「二つのまったく相反した要素がくっつき合い、それが引きはがせないような状態」になっているのではないだろうか。

詩「もえたつ吹雪」には、大手拓次の「敏感」な気持ちが示されているし、自らの「感情を押えつけることができない」激しさが吹き荒れていながら、詩を書く「精神が統一」されているので、作品そのものはスウィングしているといったところがある。「おほぞらのやうな」や「みづのやうに」という直喩もしなやかだし、「おひそだつ草の芽のよびごゑ」という喩も新鮮だ。

もしも大手拓次が病気がちの会社員ではなく、もっと自由に時間を使いこなすだけの体力と精神的な余裕があったならば、たとえば吉増剛造のような、構成的で立体的な長篇詩を書くことが出来たであろう。いやいや、大手拓次にも長い散文詩（たとえば、詩「日食する燕は明暗へ急ぐ」とか）があることを、私も知らないではない。それにしても、吉増剛造ほどの長篇詩ではない。

ああ
雪がふる、雪がふる
雪がふって
純白の恋人が歩いてくる
ああ　なんという超自然の
銀《しろがね》の
巨石に雪ふりつもり、狂気は避けがたく中枢を襲う、銀《しろがね》の雪ふりつもり、延髄に狂気ちかづき、感覚器官に雪ふりつもり、それぞれ凍りつき、自己神秘化を開始する白色の大列柱よ！　すべての死体は一瞬真紅に輝くのを知っているか！
古代天文台に雪ふりつもり
欧州の崖のした、雪ふりつもり、白髪の
銀《しろがね》の
白《しろ》馬がゆく

馬竝《な》めて、白《しろ》馬のゆく
ゆるやかに、ゆっくりと超写真機めざし
ゆっくりと音楽が流れはじめる

吉増剛造の長篇詩「古代天文台」の、ほんの一節を引いた。大手拓次の詩「もえたつ吹雪」から、ふいと、吉増剛造に「雪がふる」様子を描いた作品があったことを思い出したのである。

私の記憶に誤りがなければ、昭和四十七年(一九七二年)のある日、池袋のパルコで、右の詩を朗読している吉増剛造を初めて、間近に見たのである。確か白石かずこも派手な衣裳でパフォーマンスをしたのだったと思うが、吉増剛造の〈古代天文台〉の鮮烈なイメージが心に刻まれた。どう考えても、それは私たちの頭脳の中の光景であり、私たちの思考がゆっくりと目覚める様子のようではないだろうか。いやいや、それは思考の終焉の姿かもしれないが、初めと終わりは、かくも相似形を描くものだと言っていいかもしれない。まあ、それを初源の光景だとすれば、この国の伝統的で抒情的な人々なら「冬芽」とか考えたりするのだろうが、それを「古代天文台に雪ふりつもり」とかやられると、びっくりしないわけにはいかないだろう。(「銀」には、「しろがね」の読みがながふってある。ところが、「白馬」は「しろうま」と読ませたり、他では「はくば」と読ませたりするのはどうしてだろうか。)

そうだ、考えてみれば、それは思考の目覚めというより、欲望の目覚めと捉えた方が、大手拓次の詩「もえたつ吹雪」をそこに重ねて読む楽しみが増すかもしれない。吉増剛造の「すべての死体は一瞬真紅に輝くのを知っているか！」という見得の切り方は、大手拓次の「をんなよ、おまえはあつい吹雪だ」という不可能な喩とどこか似ている。

吉増剛造の詩「古代天文台」の方は、途中で「下北沢の魔の一室」へ場面転換する。

一九七〇年一月四日
移動する
下北沢の魔の一室にも
雪ふりつもり
ぼくは銀《しろがね》の糸とともに天井から豪音もろとも吊り落された！
ああ　シャンデリア
幻になろうが、魔王になろうが、流星になろうが、唯一、魔の一室から飛翔するために、魔術も行使しよう、雪にも変身しよう、大口径レンズの縁《ふち》から出現する！
白馬は白馬、だから疾駆する
白は白、ここに言語の全権力が存在する！

そこで、吉増剛造はまるで呪文を唱えるように、あの有名な「魔子一千行」を書くのである。思わず、自分でも朗読したくなるようでもある。どこからか、音楽がやって来る。こういう解放的なところが、我が大手拓次にないのが残念なところだが、底にある思いは、大手拓次の詩精神も同様のものではないだろうか。

古代天文台を夢みつつ
古代天文台を夢みつつ
現代の、孤独の
歌うたう
銀《しろがね》の、白馬よ、ぼくの死霊よ
言語雪ふる、雪崩ついて疾駆せよ、疾駆して
実名にむかえ
ああ
空に魔子と書く
空に魔子一千行を書く
詩行一千行は手の大淫乱ににている！
空に魔子と書く

空に魔子一千行を書く
魔子の、緑の、魔子の、緑の、魔子の、緑の
魔子の、緑の、魔子の、緑の、い触れけむ
純白の恋人、魔子に変身する！
死体のように正座する、一行の人名に触れる！
いま
呪文が、一女優の名をかりて出現した！

ああ、引用する快楽から逃れるのは苦しい。いくら引用しても足りない。できれば大手拓次にも、この規模の詩的世界を構築する自由があったらと思うばかりである。吉増剛造がこういう詩を書くことが出来るのは、実は、北原白秋や萩原朔太郎、山村暮鳥や大手拓次が先行者としていたからではなかったろうか。
緑魔子は実在する女優だが、ここでは、大手拓次の詩「もえたつ吹雪」の中の「をんな」と同じように抽象的で象徴的な存在であろう。

ジーナ・ロロブリジダと結婚する夢は消えた
彼女はインポをきらうだろう

これは、吉増剛造処女詩集の詩「出発」の冒頭の二行である。ジーナ・ロロブリジダも実在する女優だが、緑魔子と同じく、限りなく抽象的な「をんな」であるというべきだ。もし、大手拓次が「をんな」を思い描く時、ジーナ・ロロブリジダや緑魔子のような具体的な女優をイメージ出来たら、吉増剛造のような長篇詩が書けたのかもしれない。大手拓次にも山本安英がいたと言えなくもないが、山本安英はまだ女優になる前の、美少女に過ぎなかった。同じように、抽象的な「をんな」であるにしても、そこに固有名詞があるとないとでは大違いだろう。
もう一篇、大手拓次の、雪についての作品を読んでみる。

ゆきがふる　ゆきがふる。
しろい雪がふる。
あをい雪がふる。
ひづめのおとがする、
樹をたたく啄木鳥《きつつき》のやうなおとがする。
天馬のやうにひらりとおりたつたのは
茶と金《きん》との縞馬である。

若草のやうにこころよく　その鼻と耳とはそよいでゐる。
封じられた五音《いん》の丘にのぼり、
こゑもなく　空《くう》をかめば、
未知の曼陀羅はくづれ落ちようとする。
おそろしい縞馬め！
わたしの舌から、わたしの胸からは鬼火《あをび》がもえる。
ゆきがふる　ゆきがふる。
赤と紫とのまだらの雪がふる。

大手拓次の詩「曼陀羅を食ふ縞馬」である。大正四年（一九一五年）一月七日の夜、満二十七歳時に書かれたようだ。「鬼火」には「あをび」という読みがながふってある。これは凄い。異形の「縞馬」が声をたてることもなく、吠えている。シャウトしていると言ってもいい。音無き世界で、音そのものが姿を示している。「縞馬」は、むしろ「まだら馬」でもあり、どう見ても「頭脳の塔」の中での出来事であろう。分裂したままでありながら、一つの世界が希求され、まるでSF的な光景が描かれている。少し描写しておこう。

降るのは「しろい雪」だけではなく、「あをい雪」まで降っている。いやいや、むしろ、雪が「青い」というのは実感でもあろう。水が「みず色」であるように、確かに雪を「青い」と感ずることがある。そこに、異形の「茶と金との縞馬」が、まるで神話の中のように降り立つ。「五音」は古代中国における音律のことだから、本当はそこで豊かで彩り鮮やかなメロディーやリズムなどを聞くことが出来るはずなのに、なぜか「封じられ」ている。「縞馬」は「こゑ」をあげようもないのだが、「こゑもなく　空をかめば」、「曼陀羅」が崩れ落ちるというのだ。ここでは、「曼陀羅」は世界の秩序そのものの喩であろうか。初めは「若草のやうに」、「その鼻と耳とはそよいでゐる」「縞馬」が、突然「おそろしい」ものに変貌し、それに呼応するように、作中の「わたしの舌から」も、「わたしの胸から」も「鬼火」が燃える。火を吐いているのだ。雪が降るのは、それを鎮めるためだろうか。それとも、さらに、燃え立たせるためだろうか。この矛盾する記述は、まさに詩「もえたつ吹雪」と同じなのである。

一方に、秩序を破壊するものが登場し、作中の「わたし」は、それと呼応するように「火」を吐いている。それは世界を守っているのか、世界を滅ぼそうとしているのか、作中の「わたし」自身も分からない。いやいや、どっちだって同じなのだ。いずれにせよ、「わたし」は、まるで初めてのように世界そのものに触れているのである。シャウトしていると言ってもいいかもしれない。

どうだろうか、吉増剛造の「古代天文台」とは引けを取らない舞台を描いているではないか。惜しむらくは、短い。大手拓次に長篇詩を書くだけの体力と、自由な時間さえあったならば……、と考えるのは、私だけではあるまい。

関口彰『迷乱の果てに　評伝　大手拓次』（私家版・一九八五年十一月）では、この詩が次のように論評されている。

まさに拓次のこの詩には、圧迫された生理の緊張感に、狂うような脳髄の亀裂、それが幻覚を呼び、表現を試みようとするところから神経の摩擦を生じて、作品世界は分裂をきたしてしまっているが、これほど激しく詩行為に突入して、すべてをさらけ出そうとした詩が、嘗てあっただろうか。

原子朗の『定本　大手拓次研究』（牧神社・一九七八年九月）を別格とすれば、大手拓次の詩について信頼できる研究をおこなった一人として関口彰という詩人がいる。とは言え、この詩人の詩集『薔薇の涅槃まで』を、まだ読んでいない。そもそも、『迷乱の果てに　評伝　大手拓次』は非売品で、たまたま古書店で手に入れることがなかったら読むこともなかった。奥付によれば、「昭和二十年十一月、神奈川県秦野市に生まれる。昭和四十五年、明治学院大学フランス文学科を卒業後、早稲田大学日本文学科に二年間在籍。」で、『迷乱の果てに』刊行当時は、本郷高校教諭であったことが知れ、あとがきから「学校の紀要」に発表された論文をまとめた著書であったことが分かる。

こういう優れた大手拓次論が、その後、復刊されることもなく埋もれるとするなら、大手拓次の詩そのものも埋もれるのに等しいと思う。

関口彰の評言が余り具体的でないのが残念だが、「狂うような脳髄の亀裂」というのが頭脳の中の出来事であることは明らかであろう。まさに「幻覚」で、それがこのように鮮やかな映像を結んでいるのは、たぶん同時代の〈詩〉の水準を大きく越えていたということではないだろうか。裏側にあるのは、詩「もえたつ吹雪」にあったようなエロティシズムであろう。「圧迫された生理の緊張感」という評言に見られる通り、「生理」そのものが描かれているというべきだ。〈詩〉が、心の、一番奥深いところに触れようとしているのが分かる。

大手拓次の詩は、未定稿のものも加えれば、総数二千四百篇に達するとされている。たとえば、これを、彼が詩人として生きようとした十八歳から、茅ヶ崎の南湖院で亡くなる四十六歳までの約三十年間で割れば、一年に平均、八十篇ほどを書いたという計算になる。この膨大な量によって、大手拓次の密室が疾走し、不思議な輝きを持つことになるのであろう。だから、大手拓次も、心の、一番深いところの「生理」そのものを書くことができるようになったのであろうか。いずれにせよ、大手拓次は、もっと多くの人々に読まれなければならない。

2　大手拓次について、もっと突っ込んで勉強してみよう

大手拓次について、もっと突っ込んで勉強してみようと思う。

二年くらい前、〈大手拓次の会〉に呼んでいただき、「訳詩というレッスン」というタイトルで話をしたことがある。特に、大手拓次の研究者でもない私を呼んでくれて、何か話をしなさいとのことであったので、ごく気軽に大手拓次の「訳詩」をとりあげて、まあ、自分自身の〈大手拓次入門〉にさせてもらったのだ。結論はタイトル通りなので、たぶん面白くもない話になったことだろう。とは言うものの、そこでボードレールの詩ばかりをとりあげ、我流で鑑賞したことは、考えてみれば、ひょうたんから駒で、私にとっての大手拓次を、もっと突っ込んで勉強してみる、いいキッカケになった。よりにもよって、大手拓次が特にボードレールの詩を多く訳していることは、実に象徴的なことだなと改めて思ったのだ。

ボードレールを批判的に論じている一人にジャン・ポール・サルトルがいるが、それは

サルトルがボードレールとよく似た幼年時代を送っているからであろう。また、それは大手拓次の幼年時代とも、どこか似ていなくもないので、もっと突っ込んで勉強してみなければならないと思ったのである。まずは、サルトルのボードレール論から眺めてみよう。今はもう、古書店でも見かけることもなくなった、あの、黄色の表紙のサルトル全集(人文書院版)の第十六巻が佐藤朔訳『ボードレール』(昭和三十一年二月)である。もっとも、私が所有しているのは、昭和五十一年十月の改訂重版である。

サルトルのボードレール論が、ボードレールの詩を論じているわけでもなく、詩人論というより、実存主義的精神分析だというのはよく言われることだ。どちらかと言えば、突き放した書き方だが、切れ味だけは抜群である。

サルトルは書いている。「父親が死んだ時、ボードレールは六歳だった」。そのため、ボードレールは「母をあがめながら暮らした」。「母は偶像」で、彼は「いつも母のなかに生きて」いたというわけだ。ところが、この「熱愛していた母」が再婚してしまう。ボードレールは寄宿舎へ入れられ、そこで「彼の有名な『ひび』が始まる」のである。「除け者」になり、「一人とり残された」ボードレールの反逆が始まるのは、それからだ。サルトルが批判的に語るのもそこのところだが、ボードレールは結局のところ自立できず、母と一体化も出来ないので、母親(他人)や社会に「反逆」することで、それらの関心をそそろうとしていると説明している。そのサルトルの批判を、村上嘉隆は次のようにまとめている。

ボードレールの演じた悪役はむしろ方便であり、神の愛を得るために一芝居うったにすぎないのである。詩集『悪の華』は、悪を対象とし、悪の創造をうたったものである。しかし、「悪と称しながら、その創造は相対的で、派生的であり、善がなければ存在しない」といった性格のものなのである。だから、悪をたたえながら、「遠回しに、規律を讃《たた》えて」いたのである。ボードレールは、自分を、「父親がいつでも帰りを待っている放蕩《ほうとう》息子」に仕立てていた。表面では神に反逆しつつ、実際には彼の「悪魔主義」とは、「キリスト教に裏口から入ろうとする試み」（T・S・エリオット）にすぎなかった。

別の言い方をすれば、ボードレールは「他人が見る通りにある」。ボードレールには「彼の他者性を認めてくれる人が必要である」。「すべてが仮装される」というわけだ。さらに、村上嘉隆のまとめを引用する。

ボードレールは、このようにして「見られる存在」へ変身した。しかし、ボードレールにも、依然として何ものかを見る自由は残っているはずである。他人を見返すこともできる。だが、ボードレールは他人を敵にする勇気はない。他者性という形で他人と密着する生き方が彼の選んだ途であった。そこで、彼の目は、他人と同化し、他人と同じ視線でわれとわが身をみつめようとはじめるのである。ボードレールは反省する意識となって、他人から見られている自分を他人の目になって眺める。「彼は自らの処刑者、つまり『われとわが身を罰する者』になろうとする。」

われは傷にして短刀

犠牲者にして処刑者なり

ここでボードレールは、「反省する意識を短刀に、反省される意識を傷に変えよう」と努力している。ボードレールは「自分を見たい」のだ。事実、ボードレールは、自分の手や腕を眺める。特に彼の手は自慢の客体で、彼は折々「じっと手を見て」くらした。サルトルは要約的に次のようにいっている。

「ボードレールは、自分を他者であるかのように自分を見ることを選んだ人間である。彼の生涯はこの失敗の歴史にほかならない。」

サルトルの父親は、彼が二歳の時に熱病で亡くなっている。と同時に、母親と母方の祖父の家に引き取られる。そして、サルトルが十一歳の時、母親は再婚するわけだ。よく似ている。サルトルがボードレール論によって自らを乗り越えようとしただろうことが、よく分かるような気がする。

言わずもがな、我が大手拓次も、七歳の時に父親を失い、その二年後には母親も亡くしている。祖母が彼の面倒をみたようだ。

残念ながら、大手拓次がどのような幼年期・少年期を送ったのかよく分からない。家業は温泉旅館だったので、裕福ではあったものの、放って置かれることが多かったのではないかと想像される。三人兄弟の次男でもあったので、その点でも、比較的に自由な立場であったのではないだろうか。残されている日記は十八歳からで、四十六番という部屋を独占して、机を置き、夢想に耽っている様子がうかがえる。ごたごたから実家に寄り付かなくなる兄について悩み、家業を継ぐ気などない大手拓次は、安中中学が旧制高崎中学の分校であることを、これ幸いに高崎に下宿し本校へ移ってしまう。それは、明確に家業を継がないという意志表明であろうし、事実、旅館は三男が継ぎ、拓次は早稲田大学へ進学する。

日記を読んでいると、どうしても少年愛や同性愛についての記述が目を引くが、ことさらに問題視するのも如何なものであろうか。大手拓次神話の一つは、こういう角度から語られることも多い。生涯結婚することもなかったとはいえ、女性経験がなかったわけでもない。もちろん、同性愛者であれ、それでも構わないわけであるが、実態としては、おそらく旅館で働く女性たちの現実的な姿に対する反動というところではなかったろうか。祖母には随分と可愛いがられたようだが、父親と母親の愛情を知ることもなく育った拓次の性的な嗜好が、ことさら検討すべきものだと考える必要はどこにもないようにみえる。旅館などにおける、生活的で即物的な女性たちとの日常と、同性に対する観念的な思いは、見事にバランスがとれているといってもいいくらいだ。

むしろ、もんだいなのは、大手拓次がなぜ、よりにもよって〈詩〉に執着することになったのか、ということの方だろう。まあ、彼の内面の孤独が文学一般へ向かい、時代の流れの中で、俳句や短歌、小説などではなく、自然と〈詩〉にたどり着いたということだけなのかもしれない。それにしても、大手拓次が東京で大学生活を送ることがなかったならば、それは全く不可能なことでもあっただろう。幼年期・少年期の孤独な夢想が、大手拓次をして、その思いを癒すものを、ことさらに求めさせたのであろう。彼の日記の瑣末な事実に惑わされることなく、彼の本質的な思考をたどるのはたやすくないが、早稲田大学卒業後の次の言葉などに、ようやく自分自身を見つけつつある大手拓次のすがたをみられるように思う。大正二年（一九一三年）四月二十九日夜、彼が満二十五歳の時の日記である。もっとも、白鳳社版の全集では「詩論・雑纂」として分類されている。

わたしは此長い年月の間、弱い情緒のためにしひたげられてゐた。
実はわたしは、情緒を此上もなく懐しい美しいものと思つてゐたのだ。

然し、つくづく考へて見ると、意力は、之にもまして、否否、はるかに壮大で、
永久的で、而も芸術的である事に気がついた。
六年の間、わたしは暗い中に迷ひこんでゐた。
わたしは、自らの王者となる。
わたしは、強い意力を培はう。
女々しい詩は、隠遁の詩は、わたしと離れるのだ。
わたしは、神と意力と体力との詩人、
世界と太陽との象徴のなかに生きやう。

こういう自己認識ができるということは、既に、その前に彼が出会うべきものに出会っているということでもあろう。早稲田大学英文科の大手拓次が、フランス語を学習し、ボードレールの詩集『悪の華』の原書を手に入れたのは、明治四十三年（一九一〇年）二月、満二十二歳時のことである。

たそがれの色はせまり、
紅貝《べにがひ》のやうなおまへの爪はやはらかい葡萄色になみだぐむ。
おまへの手は空をさし、

おまへの足は地をいだき、
おまへのからだは野の牝兎《めうさぎ》のやうにくらがりの韻をはらむ。
さて、わたしは眼のなかにひとつの手斧をもち、
このからだを、このたましひを、
みづから断頭台のそよぎのうへにはこぶ。
断頭台はゆれてはためき、血の噴水をみなぎらし、
亡霊のやうに死のおびきをしめすとき、
わたしの生命《いのち》は鳥のやうにまひたつてとびかひながら、
地の底にねむる母体の神性をよびさますのである。
無言の神性はますますはびこつて蔓草《つるくさ》となり、水となり、霧となり、
大空の凝視となつてある色のゆたかなる微笑にふけつてゐる。
なつかしいひとりの友ボオドレエルよ、
わたしはおまへの幻怪のなかに床をとつてねてゐる。

詩「『悪の華』の詩人へ」Ⅰの冒頭部分を引いた。大正四年（一九一五年）八月六日に書かれたものだ。

大手拓次は、まるでボードレールのように、他人から見られている自分を見るように、

自分で自分自身を見る方法を手に入れている。「犠牲者にして処刑者なり」という視点によって、大手拓次は自らの〈生理〉を素手でつかみ取ることができるようになったわけだ。ボードレールが幼くして父を亡くして、さらに、母の再婚によって、母まで失ってしまったという年譜的な事実を、大手拓次は知っていたのかどうかは知らない。ただ、大手拓次がボードレールの詩によって、自らの孤独の在り方を自覚できたということは、とても偶然だとも思えない。何とも、うまいなあと思うのは、「わたしは眼のなかにひとつの手斧をもち」というところだが、これは、ボードレールの詩の中にも似たような詩句があるのであろうか。いずれにせよ、まさに自分自身を分析的に見通すことによって、大手拓次は「母体の神性」まで呼び覚ましているわけだ。ほとんどボードレール論であるとも言っていいくらいの、明晰な詩作品ではないだろうか。

ボオドレエルよ、
(中略)
さうして酒のみが酒をのむやうに、
また男がうつくしい女のからだをだくやうに、
おまへの思想をむさぼりくつてゐる。
はてはつれづれのあまりに、

紙のにほひをかぎしめて思ひをやり、
ひとつひとつ活字の星からでる光りをあぢはふ。

同じく、詩「『悪の華』の詩人へ」のⅡの部分である。Ⅰに比べると、より説明的になっているので、分かりやすい内容だろう。詩そのものとしては、Ⅰに遥かに劣っているものの、ボードレールに対する愛着が素直に感じられる。「ひとつひとつ活字の星からでる光り」というフレーズにはびっくりする。『悪の華』の原書をどんな思いで読んでいたかが、よく分かる。

青灰色の昆虫、
銀と緋色の生物、
鴉と猫とのはらみ子、
大僧正の臨終にけむりのごとくたちのぼる破戒の妖気、
雨ごとにおひたつ畑の野菜はめづらしい痼疾をもつてゐる。

同じく、詩「『悪の華』の詩人へ」のⅢの全行である。この詩篇は、これでまた面白い味わいである。異貌の詩人を、様々に形容してみせて、彼の内的世界からとれる〈野菜〉

は「めづらしい痼疾」を持っているというのだ。「痼」は、「ながわずらい」であり、「持病」である。不思議なことに、大手拓次には、それが喜びなのである。彼は出会うべきものに出会い、自らの使命に目覚めたということだろうか。

　ボードレールの詩を並べてみようか。

これほどの重荷をあげるには
シジフォスよ、君の勇気が要る！
いくら制作に心をくだいても
芸術は長く　時は短い。

名高い墓地から遠く離れて、
訪れる者のいない墓のほうへ、
ぼくの心はしめやかな太鼓《たいこ》か、
葬送《そうそう》の曲を鳴らしながら進む。

——多くの宝石は埋もれて
暗黒と忘却のなかに眠る、

鶴嘴《つるはし》も測深器も届かないところに。
——多くの花々は　惜しそうに　発散する、
秘密のように甘い薫りを、
深々とした　孤独のなかに。

詩「不運」の全行である。いくつかの訳を見たし、もちろん大手拓次の訳もあるが、分かりやすい佐藤朔のものにしてみた。

確かに、そこには「多くの宝石」が埋められていたわけだ。内的世界の〈野菜〉のように「めづらしい痼疾」を持っているかもしれないが、「宝石」のように輝くのである。彼の「深々とした　孤独のなかに」、「秘密のように甘い薫り」を放っているのだ。ボードレールが詩を手に入れたように、大手拓次も詩を我が物にしたということではないだろうか。

ざっくりと言えば、ボードレールによって、大手拓次が新たな詩の領土を見つけたことはまちがいのないところだろう。それを、細かく、何年何月何日、どの作品によってとか言い出すと、面倒なことになるし、当時の日本のフランス詩の研究や翻訳状況についても言及しなければならなくなる。ここでは、ただ、たとえば、先に見た、大正二年四月二十九日の日記の「わたしは、自らの王者となる。」という決意が、実現されていることだけが確認できればいい。それも、表面的なものでなく、かなり高いレベルで、それが実現されていることだけを想像してもらえればいい。「女々しい詩」や「隠遁の詩」を否定し、「神と意力と体力の詩人」となって生き始めた大手拓次の姿を見てもらえばいい。

本当は、ここで大手拓次という詩人が、同時代の日本でどれほど抜きん出た存在であったかを、さらに語りたいところだが、それは、この文章の主題であるだけでなく、これから書こうとしている、多くの大手拓次についての私の文章の主題でもあるのだ。あまり先を急ぐまい。少なくとも、「感情」どころではなく、「生理」にまで届く言葉を大手拓次が手に入れたことの意味は大きい。

さて、この文章の最後にとりあげておきたいのは、生方たつゑ『娶らざる詩人　大手拓次の生涯』（東京美術・一九七三年六月）である。この「娶らざる詩人」などという、つまらぬ神話に基づいたような、困った題名をもった書物に、実に得難い一章があることを紹介しておきたい。歌人・生方たつゑは結婚により、たまたま「上州という荒い風土」に縁をもった。そこで「大手拓次のような柔軟な、繊細な、異質な詩人が生まれたことを、不思議」に思う。『娶らざる詩人』という書物そのものの内容は、巻末に「拓次の詩章抄」をつけたりするように、大手拓次の紹介を第一義とし、内容も文献的には粗雑でもあるが、大手拓次がどういう風土から生まれたのかについては余人にはない、独特なアプローチをしている。

生方たつゑは、旧安中藩城主であった板倉勝明までさかのぼってみせる。安中藩と言えば、〝侍マラソン〟として有名な「安中遠足」がすぐに思い浮かぶが、それを発案したのが板倉勝明なのだそうだ。十二歳で藩主となった勝明は非常に学問を好んだ一方で、西洋歩砲の研究にも興味を示したり、マラソンまで試みるような、進歩的な人物であったようである。で、そういう藩風が「土地の気風」につながり、「安中藩は進歩的な学問的な庶民をいつのまにか育てた」というのが、生方たつゑの見立てであり、そこから、新島襄、内村鑑三、海老名弾正などの傑出人物が生まれたというわけだ。

大手拓次は、新島襄帰朝の明治七年のあと活動盛んであった明治二十年に磯部で生まれている。拓次の祖父大手万平は新進気鋭な性格をもっていて、当時磯部の鉱泉を東京まで引いた人であった。文政十一年生まれであるのだから、安中磯部の一つづきの位置で青年期をおくったものたちに、新島の新鋭な思想がひろがらないわけはない。「文明開化」運動の一かんを負うた青春の大手万平の行動の中には、一地方に固守して生きて安んずる小ささはない。当時のおそらくモダニスト万平であったであろう。その祖父のもとで成長した拓次が、形態はかわってはいるが、そのモダニストをボードレールの詩の渇仰者とし、ひいては朔太郎、白秋、犀星らを驚嘆させる詩質をあらわすに至ったにちがいない。

父も母も早死した拓次の孤独を、やわらかく抱擁してくれた祖母は、たしかに拓次を変質なまでの男性として女性化してしまったけれど、その気質も、運命のあたえた孤独さえも、ひきくるめて凝集し、開花させたものは、この風土のもつ新進的気風の土壌と、モダニストの血をうけた系統のしるしと断言しうる条件とも言える。

川端康成氏は傑出した人物は決して一代で突然異変のように出るものではなく、幾代かの歴史の中につちかわれたすぐれた血が、時と才を得て開花するものだ、という意味のことを言われているけれど、それは大手拓次の場合にもあてはまる。

まあ、どう見ても推論に過ぎない。あちらこちら、ツッコミを入れたいところもある。ただ、たまたま縁のできた土地というところから、強く興味を持った風土に対する、生方たつゑの考察じたいには興味を覚える。大手拓次が、よりにもよってボードレールに興味を持つようになったことは、それなりに考えてみなければならないもんだいだとは言えるだろう。生方たつゑの見立てが正しいかどうかはさておき、大手拓次の個人的な性格だけでは、ボードレールにまでたどり着くことはなかったのではないだろうか。

もちろん、原子朗の『定本　大手拓次研究』(牧神社・一九七八年九月)でも〈詩人と風土〉についての言及はあり、第一に安中教会に象徴されるキリスト教の隆盛を指摘し、第二に、明治三年ごろ蚕糸業開発のため外国人が安中周辺に出入りしたこと、また、関連して、群馬県が日本最初の公娼廃止を宣言したこと、第三に、磯部温泉地の開発等を手際よく説明している。この三点は、磯部からすると榛名山の裏側に位置する、私が生まれた群馬原町でも、だいぶ縮小された規模ながら、すべてが当てはまるように思う。後に、土屋文明が疎開した土地に私が生まれ、教会を教室としていたソロバン塾に通い、祖父の家は蚕を飼い、私の父親は日曜日になると、一人で実家へ行くついでに沢渡温泉へ自転車で出かけたものだった。

3　大手拓次の詩について考えるため、彼の日記を読む

大手拓次の詩について考えるために、彼の日記を読んでみようと思う。日記の中に、詩作品としては分類されていない、〝詩のようなもの〟がいくつもみられるのだ。それも、大手拓次がボードレールの詩に出会う辺りのものが気になるのである。彼がボードレールその他の原書を丸善で手にいれたのが、明治四十三年（一九一〇年）二月、満二十二歳で大学第三年級の時であった。翌年の二月十四日の日記には、次のように書かれている。但し、白鳳社版の大手拓次全集では、いわゆる〈日記〉とは別に、〈詩論・雑纂〉という区分になっているので注意したい。むしろ、これは〈詩日記〉と呼ぶべきではないだろうか。

心にもない物、作るのを止めて、
たくじ詩ばつかりを作らう。

此間の晩なども、
ボードレールの詩を訳した僕の古い原稿を見て、
それを口ずさんで、恋人に逢つたやうにうれしかつた。
で、其時も、つくづくとどんな苦しい事があつても詩をやらうと思つた。

だから、僕は、
どんな落胆するやうな事があつても、
我慢して、詩をやらなければならない。
詩を作つてさへゐれば、僕の生活の意義もあるのだ。

ボードレールその他の原書を手に入れてから一年で、「ボードレールの詩を訳した僕の古い原稿」というわけだから、翻訳の試みが持続的に行われたことが想像される。この〈詩〉に対するこだわりが、そもそも何に起因するものなのか分からないものの、それが尋常なものではないことだけは分かる。「どんな苦しい事があつても」とか、「どんな落胆するやうな事があつても」などとして、「我慢して」まで取り組むものが〈詩〉であるというのは、どうしても腑に落ちない。たとえば、それが伝統的な芸能や武術などであったならば、少しは理解できそうな気がするが、まったく新しい文学的ジャンルに、ほとんど、たった一人で、独力で向かっているわけである。早稲田大学英文科の学生がフランス詩に取り組んだわけだ。

ねえ君人間の命には限りがある。
何をして生きやうとわづかな間だ。
だから僕は最も価値ある生活を求めてゐるのだ。
道徳なんか人間のつくつたお飾りだ。
法律なんか人間のつくつた小柴垣だ。
自分の魂さへ大きくなれば、
それらの小さい束縛は何の力も及ぼす事は出来なくなる。
だから僕は自分の魂を一日一日大きくしやうとつとめてる。
そして僕は瞑想によつてだんだん神に近づいてゆくのだ。
そのときに、僕の魂はひろく実在のうちに溶けて生きるのだ。

明治四十五年（一九一二年）一月二十一日夜の、私が言うところの〈詩日記〉における記述である。〈詩〉に対してのこだわりの理由が、ストレートに語られていると言っていい。「道徳なんか人間のつくつたお飾りだ」とか、「法律なんか人間のつくつた小柴垣だ」とかいうのはボードレールの受け売りに過ぎないとしても、彼の〈詩〉は〈魂〉のもんだいだということが分かる。先の引用における「たくじ詩」（拓次詩）という言い方も、〈詩〉が自らの内面にどれだけ届いているのかということなのかもしれない。

人が、青年期に自らの内面に目を向けることは、決して特別なことではないだろう。その反動として、道徳や法律に反発するのも珍しいことでもない。それにしても、この「瞑想」が一時的なものではなかったことを知っている者にとっては、「ひろく実在のうちに溶けて生きるのだ」という、大手拓次の思いの強さに改めてびっくりしないわけにはいかない。

二日後の〈詩日記〉では、「きちがひの井戸のなかをのぞく晩方。／すりきれた草鞋をはいて男がくる。／それは此己だ。／食物《くひもの》が食ひたいのだ。／死んで楽になりたいのだ。／自分の馬鹿にあきれはてたのだ。」と書きつけている。大手拓次の生活に何があったのかは、もちろん、分かりはしないが、そこに現実の中で生きている拓次自身もいることが分かる。「食物」を食べずにはいられない自分がいるからこそ、その自己否定としての「死んで楽になりたい」自分もいるということだろう。いずれにせよ、「ひろく実在のうちに溶けて生きる」自身とは相反することには違いない。大きく振れている大手拓次がいる。

夜の十二時といふに、まだぐづぐづとあんかのなかであれやこれやを考へてゐる。

詩を作らう。詩を作らう。
ボードレールの詩を読みたいけれどむづかしい。
あの小型の悪の華がすらすら読めたらどんなにうれしいだらう。
まつたく、あの濃いまぼろしに触れるとふるへるやうにうれしい。
子供が沢山のおいしいお菓子のなかへつれてゆかれたやうに。
蜜のやうにあまい、あまい詩。
女に抱きしめられるやうにふるへる詩。
恋人のうしろ姿を笑ふやうになつた人の詩だらうか。
ボードレールは女の腋臭のやうな奴だ。
だるまやの
ひとりで歌ふさびしい歌だらう。

一月二十四日夜の、この〈詩日記〉には「あんか」という題もついているので、ゆるい詩と考えてもいいのかもしれない。まあ、私であれば、まちがいなく、〈詩〉そのものとして発表していることだろう。とは言え、大手拓次としては、〈詩〉以前の段階だと考えているのであろうし、それこそ、たんなるメモであり、心覚えの〈詩日記〉であったのに過ぎないわけだ。

多くの訳詩集が刊行された時期でもある。有名なところでは、上田敏の『海潮音』が明治三十八年十月に、永井荷風の『珊瑚集』が大正二年四月に出ているが、調べてみると、この時期に想像以上に多くの訳詩集が出版されているので驚く。大手拓次がどれほどの訳詩を目にしたか分からないが、そういう時代の息吹を知らないはずはあるまい。まるで血圧計を日々使うだけで血圧が下がるように、まるで体重計を意識するだけで体重が減るように、同時代の空気を吸うだけで、新しい文学的な動向を感知していたのではないだろうか。大手拓次にとっての〈詩〉とは、たぶん、もっとキッチリとした完成度の高いものなのだろう。

大手拓次が早稲田大学の予科を経て学部へ入学したのは明治四十年（一九〇七年）九月で、彼が満十九歳の時であった。途中、留年もあったが、明治四十五年（一九一二年）七月、満二十四歳時に英文科を卒業する。七月三十日の改元で大正元年となり、いったんは帰郷する（徴兵検査と思われる）が、大正元年九月には、再び上京している。拓次がライオン歯磨の広告部に入社するのが、それから四年後の大正五年六月である。大手拓次は四年間（予科一年、学部三年）ですむところを、落第を重ねて七年目に卒業し、さらに四年間、就職もせず、時には実家の手伝いもしたりしながらも東京で暮らし、満二十八歳になって、ようやく生活の目途がついたということだ。それにしても、大正改元の時期に当たる、大学の卒業は、大手拓次にとって、大きな自信になったのではないだろうか。

次に引用するのは、大正元年九月一日夜の〈詩日記〉である。「一団」という題名が付いている。大学は卒業したものの、まだ就職していない時期ということだ。

嵐のやうな銀の氷山の上に土気色をした狼が飢ゑに叫んでる。
亡霊の弄ぶ黄蠟の焰のラッパのやうに衰頽が薄化粧して勝利の呼声を真似《まね》る。
放浪の哲学は温室のなかに植ゑられやうとし、
貞操な詩は夜の花環の上に凡ての尊敬と愛慕とをうける。
祝はうではないか。
狼よ。
衰頽よ。
哲学よ。
詩よ。

我等の一団は世界の神の家族である。
我等は美しき信仰に養はれる。

祝はうではないか。

芳香と色彩とは悉く我等の足元にうなづく。

大手拓次が、どういう場所に立とうとしていたのかが分かるような気がする。大手拓次自身の〈詩〉が、まちがいなく始まる予感がするようだ。「一団」というのは、詩人の「一団」にちがいない。拓次はその「一団」の一人であることを自覚しているわけだ。拓次は「狼」となって吠えている。そこは「氷山の上」であり、「嵐」のただ中であり、「飢ゑ」ているが、まるで勝利したもののように吠えている。求めていたものに出会ったようにも読める。

同様に、九月七日夜の〈詩日記〉のもので、「向日葵《ひまはり》の咲く畑のなかに」である。

ひまはりの咲く畑のなかに
よそごとのやうにのんびりと
一つ一つこまかな自分の肌を見て
抜毛《ぬけげ》のやうな、はりのないふくらんだ微笑《びしやう》をもらしてる。
お前は白い着物をきた
空想の病児だ。
お前がかはいらしい痩せた手で

なにか言はうとするから
わたしは、そつとうしろから抱《だ》いてやる。

おお、からだの弱い空想よ。
どこでもお前のすきなところへ。
またお前の好きなものを買つてやらう。
さあ、暖《あつた》かいひまはりの花かげに
おもしろい砂遊びをしませうよ。

これは、何とも明るい世界ではあるが、「空想」であることは、前の「一団」と同じであろう。「狼」である大手拓次も、振り返れば、そこに「空想の病児」である自身を見ることになる。自分で自分を抱いているのだろう。いや、自分で自分の〈詩〉を抱いているのかもしれない。「からだの弱い空想」を、そうやって育てていると言った方がいいだろうか。

本当は、そこは「嵐のやうな銀の氷山の上」なのだ。そこに「向日葵の咲く畑」をつくり上げる大手拓次がいる。

次に掲げるのは、十月二十七日夜の〈詩日記〉で、「慰安の鬼」という題名になっている。

幻想の彩りが、どんどん大手拓次風になって行くようだ。

長い間、私は懊悩の中《なか》に労者の生活をつづけて来た。
淫蕩な讃歌の上に、品《しな》よくころばされた首《くび》のやうに、
凡ての生活は生まれたままの粗朴であつた。
過去と未来とは常に私の足跡に陽炎《かげろ》つてゐたばかりだ。
現在は妖魔のやうに王者の快楽を空色の柩のなかに浪費した。
現在は盲ひた夜のやうに香《か》を漲《みなぎ》らした。
そして現在は恋人の眼のやうに私の心を自由にした。

今、苦しい現在は思ひ出の逍遥とならうとする。
わたしは、懊悩の現在より生れる詩人である。
潮の音《うしほね》力無く胸をうつ、
わたしは甦らなければならない。

まさに、詩人が誕生している様子を間近に見る思いがする。詩人は、「現在」を手に入れたのだと思う。

大手拓次の「懊悩」そのものがどのようなものであったのかは、よく分からない。ただ、彼がその「懊悩」を対象化し、まさに、その「懊悩」から生まれ出た自身をつかんだことだけは分かる。彼は「懊悩」の中で生きているままで、「自由」を手に入れているのである。〈詩〉によって、その「自由」を手に入れているのだ。

この年、北原白秋主宰の文芸誌「朱欒《ザムボア》」十二月号に、大手拓次は、吉川惣一郎というペンネームで「藍色の蟇」と「慰安」の二篇を発表している。同誌は、明治四十四年（一九一一年）十一月から大正二年（一九一三年）五月まで全十九冊（東雲堂書店発行）が出ているようだ。

大手拓次は、「朱欒《ザムボア》」に五月終刊号まで毎号、詩を発表している。一月、「なまけものの幽霊」ほか一篇。二月、「鳥の毛の鞭」ほか二篇。三月、「なりひびく鉤」ほか三篇。四月、「黄金の闇」ほか一篇。五月、「道心」ほか一篇。また、若山牧水が主宰の「創作」八月号に「美の遊行者」ほか二篇。同じく、十月号に詩「河原の沙のなかから」ほか一篇を発表。ちなみに、文芸短歌誌「創作」の第一期が一九一〇年三月から十一年十月まで、第二期が一九一三年八月から一四年十月まで、さらに第三期が一九一七年から始まっている。

大手拓次が北原白秋や萩原朔太郎などから、初めて手紙をもらうのが大正五年（一九一六年）で、ライオン歯磨本舗広告部に就職もでき、二十九歳になる年だった。本当なら、大手拓次が二十歳代の内に、彼の処女詩集が出ていてもよかったのにとは思う。

4　大手拓次をどう読むか

大手拓次をどう読むかとか、変に堅苦しく考えない方がいい。あまり深読みをしない方がいい。ただ、そのまま読めばいいのではないだろうか。死後八十年以上が経過しているのだから、そのメタファーを古いと感じることがあるとしても、特に驚くようなものなどあるはずもないだろう。大手拓次といえば、幻想的なイメージ、それもグロテスクな空想というのが一般的な受け取り方ではあるものの、今となっては、それほど大げさに考える必要もない。まあ、背後に北原白秋のエキゾチシズムと耽美主義があるのだろうが、それも、うっすらとしたものだと思う。

森の宝庫の寝間《ねま》に
藍色の蟇は黄色い息をはいて
陰湿の暗い暖炉のなかにひとつの絵模様をかく。

太陽の隠し子のやうにひよわの少年は
美しい葡萄のやうな眼をもつて、
行くよ、行くよ、いさましげに、
空想の猟人《かりうど》はやはらかいカンガルウの編靴に。

野球で言えば、大手拓次選手の初打席のようなものだ。ちょっと、ガチガチになっているようにみえる。大手拓次が大正元年に雑誌「朱欒《ザムボア》」(北原白秋主宰)十二月号に、詩「慰安」とともに発表した詩「藍色の蟇《ひき》」で、大正元年(一九一二年)十一月十二日正午の作である。まあ、各種の全集等に大手拓次の作品が収録されるとしたら、まず、この詩が最初に紹介される。筆名が吉川惣一郎だったのは、やはりフィクショナルな自己を思い描いてのことだったのだろうか。彼が好きだった二人の友人の名のミックスだというが、誰しも、自分以外の何者かになりたいという欲望はあるだろう。

ただ、作品は、そういう作者を裏切って、自画像を描くことになる。それも、二重三重に描く。「藍色の蟇」は「絵模様」を描く。森の奥で、ヒキガエルが「陰湿の暗い暖炉」の中で、描くというのだ。森ではあるが「宝庫の寝間」であり、陰湿で暗いものの、「暖炉」である。ヒキガエルが描く「少年」は、「ひよわ」ではあるが「太陽の隠し子」であり、「美しい葡萄のやうな眼」を持っている。彼は「カンガルウの編靴」をはいて、「いさましげに」

行くのだ。とはいえ、その「少年」は「空想の猟人」で、結局のところ、ヒキガエルの夢想であり、美しきものを思い描く、醜いヒキガエルこそが自分なのだ、という「自画像」になる。

ところが、作品そのものは、さらに反転して、「空想の猟人」になってしまっているヒキガエルの自由さを示しているので、明るい感じがする。大手拓次からすれば、「自画像」を描いているものの、それじたいが虚構なのだから、本当は、彼は「藍色の蟇」でもなければ、「空想の猟人」でもない。ただ、大手拓次という詩人として、そこに存在する。

他の人は、この詩をどう読んでいるのか見ておこう。『現代詩鑑賞講座』（角川書店・一九六九年六月）第四巻で、佐藤房儀が大手拓次を論じている。

この「藍色の蟇」とはいったい何であろうか。それは詩人拓次、その人である。拓次自身の手になる「孤独の箱のなかから」と題された詩集の後書きに、「まったくその頃（「藍色の蟇」が出来たころ　佐藤房儀注）のわたしは、耳ののびる亡霊であった。みどりの蛇であった。めくらの蛙であった。青白い馬であった。つんぼの犬であった。笛をふく墓鬼であった。しばられた鳥であった」とある。つまりこれらの陰気なもろもろの幻影は、詩人の心象の仮の姿であった。彼が孤独の中で自己を見つめた時、それらの奇怪な様相をした亡霊があらわれ出た。自己を幽鬼と思い、かたわの蛇や蛙や犬であると思う心が、この作品のイメージを生んだのである。詩を読んだ時の秘密めいた感じも、詩人が自己を「藍色の蟇」であるとし、その蟇蛙が空想を描いているという、構成上の二重性と、現実の醜い自分が美しい空想をもち、自分のナルシズムを満足させている内容の二重性によって生じている。この現実より空想の美を追求しようという姿勢は、彼拓次の作詩上の根本的な方法である。

この作品での「の」という助詞が、リズミカルな音韻上の効果をあげるとともに、内容を徐々に限定していっていることも忘れてはならない。また前半と後半で、全く異なったイメージを一つに結びつけているのもおもしろい。小出博は「夜に対する昼、暗に対する明、静に対する動、醜に対する美が、羽搏きひろがってくるのを感じられればよいのだ」（『現代詩の鑑賞　2』）といっているが、鋭い指摘である。対比があざやかであればあるほど、作品の夢幻性は高まり、物語性は深められ、読み手の空想はひろがってゆく。

佐藤房儀は、この五倍近くの分量で、詩「藍色の蟇」を論じている。「構成上の二重性」と「内容の二重性」に触れた部分だけを引用させていただいた。

言うまでもなく、これは詩と批評の関係であり、ボードレールの「われは傷にして短刀／犠牲者にして処刑者なり」であるだろう。

どうも、ダメだな。評論文を引用すると、やっぱり文章が堅苦しくなってしまう。もっとリラックスして書きたいのに、ついつい、攻めの姿勢になっている自分を意識してしまう。

佐藤房儀の読解は丁寧だし、よく分かるのだが、残念ながら、ステレオタイプの大手拓次像に振り回されている。私が言いたいのは、現実の大手拓次と、詩人としての大手拓次とを安易に重ね合わせていいのかということだ。

大手拓次の詩作品から、現実の大手拓次の像を取り出すことに何か意味があるのかということだ。それは文学でも何でもない。オタクで、結局のところ、結婚も出来ない変人だというような、大手拓次の像を描けたとして、それに意味があるのだろうか。

大手拓次の凄さは、自らの詩作品を対象化する力を持った詩人であるということだ。別に、大手拓次は自虐的になっているわけでもないのと同様に、彼は、たんなるナルシストであるわけでもない。決して、夢想の中だけで生きたのでもない。確かに、萩原朔太郎ほどには、うまく地上の出来事をさばくことは出来なかった。朔太郎も生活者としては褒められることはなかったろうが、彼の詩作品は、地上の出来事に上手く絡められている。世間の風というものを知っていた。しかし、大手拓次は、萩原朔太郎など、その足元に及びもつかないほどに自立した生活を送り、自ら詩の世界を独力で築き上げたところが凄いのだ。

たんに佐藤房儀が言うような意味だけで、大手拓次の「二重性」を見てはならない。大手拓次自身が詩人として、その「二重性」を生きたということなのだ。大手拓次は、詩の構造としての「二重性」の中を、詩人として強く生きたのである。大手拓次は、「蟇」であるのと同時に「猟人」であるのだ。だからこそ、その「蟇」は、たんなる「蟇」ではなく、「藍色の蟇」だとも言えるし、「カンガルウの編靴」で夢の中で遊んでいるような「猟人」も、地上の出来事と無縁でないから、ことさらに「空想の猟人」と呼ばれるわけである。つまり、大手拓次は「蟇」でもなければ、「猟人」でもないということだ。大手拓次は、そういう「二重性」を生き抜く、強い詩人であるというわけである。ほとんどの評者が、そういう大手拓次の、詩人としての強さを理解できていないように見える。たとえ、それがボードレールの受け売りだとしても、決して、大手拓次がニセモノだとは言えない。ボードレールからの輸血だったとしても、既に拓次自身の血となっている。

同時に発表された、もう一篇の詩「慰安」も読んでおきたい。大正元年（一九一二年）十一月十四日夜の作である。

悪気のそれとなくうなだれて
慰安の銀緑色の塔のなかへ身を投げかける。
なめらかな天鵞絨《びろうど》色《いろ》の魚よ、

忍従の木陰《こかげ》に鳴らすtimbale《タンバアル》
秘密はあだめいた濃化粧《こいけしやう》して温順な人生に享楽の罪を贈る。
わたしはただ、空に鳴る鞭のひびきにすぎない。
水色に神と交遊する鞭にすぎない。

一見、控えめな言い方ではあるものの、大手拓次が詩の「二重性」を生きるための戦闘宣言ともいえるのではないだろうか。大手拓次にとって、詩は「慰安」である。現実的な価値などないことは充分に知っている。だから、「悪気のそれとなくうなだれて」いるのだし、「享楽の罪」を意識し、自分を「鞭のひびき」に過ぎないとするのだが、その「空に鳴る鞭のひびき」に過ぎない自身が、水の中では「神と交遊する」というわけだ。逆に言えば、そういう自分が、大空の中では「鞭のひびき」に過ぎないことも承知しているぜ、ということでもある。

さらに一篇、佐藤房儀が論評している詩「陶器の鴉」を見ておきたい。初出は、大正四年の雑誌「地上巡礼」二・三月合併号で、大正二年（一九一三年）十月十五日夜の作である。ちなみに、「地上巡礼」は北原白秋の詩歌結社誌であり、大正三年九月から大正四年三月まで、全六冊が出ている。

陶器製のあをい鴉《からす》、
なめらかな母韻をつつんでおそひくるあをがらす、
うまれたままの暖かさでお前はよろよろする。
嘴《くちばし》の大きい、眼のおほきい、わるだくみのありさうな青鴉、
この日和のしづかさを食べろ。

今度は、逆に、佐藤房儀の読解から始めよう。彼の丁寧な読みには敬意を表しておきたい。ただ、彼がステレオタイプの大手拓次像に囚われていることだけが残念なのだ。そこにあるのは、時代的な「読み」の差だけで、もし話し合う機会があったならば、大手拓次の強さについて分かってもらえたことだろう。

「あをい鴉」の青とは、萩原朔太郎の『青猫』の「青」と同じく憂鬱といった意味を含んだことばである。その鴉が「陶器製」であることは、しょせん大空に向かって飛びたつことのできないふがいなさをこめた自嘲的比喩である。自分がいかに心の中に勇気をもっていようとも、現実には何もすることのできない陶製の置物と同じであり、時に小ずるい考えをもったとしても、何の波乱も起こすことはできないのだ。どうせならそんな自己の存在にあきらめきって、穏やかに生活すればよいではないか。

拓次はたまたま午後の平穏な時間に下宿の二階の部屋にいながら、精神的な虚勢だけしかない自分をさびしく顧みている。彼の虚無感が、題材と表現を暗くしている面もあるが、三行目に読みとれるいたわりの気持ちと、最終行の自嘲めいた現実肯定には、空想の歩行者であることを自ら認めていることが感じられる。

たぶん、佐藤房儀と同じように読んでいるのに、結論が真逆になってしまう。「この日和のしづかさを食べろ」というのは、どう考えても、これも戦闘宣言ではないだろうか。詩人としての大手拓次は、作品の中で、何という強さを発揮することが出来るのだろう。確かに「陶器の鴉」は、大手拓次の分身であると思う。まだ、詩人として「うまれたままの暖かさ」を持っていて、「よろよろする」。しかし、その鳴き声は「なめらかな母韻をつつんでおそひくる」直前でフリーズしているわけだ。彼の本当の力は、まだ示されていない。作者は自らを鼓舞して言うわけだ。だから、「この日和のしづかさを食べろ」というのが、戦闘宣言だというのだ。そういう、自らの詩の「二重性」を生きる大手拓次の強靱さを見なければならない。それは、決して「空想の散歩者」などというレベルではないということだ。大手拓次は地上の出来事を忘れてはいない。つまらぬ現実に負けまいとしているだけではないだろうか。

ついでながら、大手拓次が卒論「私の象徴詩論」（明治四十五年三月二十八日）の中で、「現実を捨てるときはロマンチシズムとなり、現実をすて得ないからこそ、象徴の文学が生れるのである。飽くまでも現実の上に立ち、その苦しみをのがれんとして夢見るとき、二者のとけ合つた幻が生ず。」と言っていることを、付け加えておく。

5　篠田一士は大手拓次をどう読んだのか

大手拓次について、もっと自由に、解放的に、もしくは開放的に語り合いたいものだと思う。

大手拓次研究と言えば、原子朗に綿密な『定本　大手拓次研究』（牧神社・一九七八年九月）があった。もともとは、昭和四十六年（一九七一年）に出た白鳳社版の大手拓次全集（全五巻）の別巻であったものの改訂版である。ただ、それが結果的にではあれ、多くの人々が大手拓次の詩に言及するのを封じてしまった側面があるような気もするのだ。もちろん、原子朗の立場からすれば、何を言っているのだということではあろう。

ただ、原子朗の研究が詳細で綿密なものであればあるだけ、もう、自分で大手拓次の詩を読み、楽しみ、考えることが出来ないような気になってしまうということなのだ。まさに、私自身がそうだった。呪縛されていた、とか言うと大袈裟になってしまうが、全くこちら側の責任であるものの、そういうところがあった。特に研究ということではなく、大手拓次の詩を自由に読む楽しみはあるだろう。よく見てみれば、多くの人々が大手拓次について、様々な発言をしている。そういう人々の声に少し耳を傾けてみたい。

そこで、今回は、篠田一士が大手拓次の詩をどう読んだのか見てみようと思う。新潮社版の『日本詩人全集19』（昭和四十三年十一月）の解説文だから、一般読者に向けての、啓蒙的なものである。有名な詩「美の遊行者」を題材にして論じているので、まず、大手拓次の詩の方を引用する。大正二年（一九一三年）五月十七日の作品で、大正二年の雑誌「創作」八月号に発表されたものだ。

そのむかし、わたしの心にさわいだ野獣の嵐が、
初夏の日にひややかによみがへつてきた。
すべての空想のあたらしい核《たね》をもとめようとして
南洋のながい髪をたれた女鳥《をんなどり》のやうに、
いたましいほどに狂ひみだれたそのときの一途《いちづ》の心が
いまもまた、このおだやかな遊惰の日に法服をきた昔の知り人のやうにやつてきた。
なんといふあてもない寂しさだらう。
白磁の皿にもられたこのみのやうに人を魅する冷たい哀愁がながれでる。
わたしはまことに美の遊行者であつた。

苗床のなかにめぐむ憂ひの芽望みの芽、
わたしのゆくみちには常にかなしい雨がふる。

静かな決意とでもいうべきものを感じる詩だと思う。自らの胸の内に、今まさに、「野獣の嵐」が吹き荒れる予感を認めている詩人がいる。詩そのものが柔らかく書かれているので、「いたましいほどに狂ひみだれた」という「一途の心」がそこにあることを忘れ、情景としての「寂しさ」や「哀愁」ばかりが目立っている。とは言え、詩人は「かなしい雨」に立ち向かうように歩き始めているのだと読むべきではないだろうか。

篠田一士は、次のように鑑賞してみせる。

真白い画面に原色にちかい赤と黄の細い直線を清楚に組み合わせた、すがすがしい抽象画をみるような感銘をさそう詩篇だが、内容は詩人の美的信条の告白である。この「美の遊行者」と題する詩篇には、美をただひとつの真理と観じ、そこにおのれの全《すべ》てを賭けた詩人の内声が美しい唱声にのせられてきこえてくる。そして、詩人はこの美の遊行者の内面を支えている孤独を唱うが、そこには自己憐憫と裏腹になった自己満足がある。ときに、それは、萩原朔太郎ではないが、自己尊大感とも受けとられるのである。

わたしはまことに美の遊行者であつた。

という詩行までくると、読者によっては、なんと甘ったれた、いい気なもんじゃないかと不満に思うひともいるだろうが、そういう読者はもはや『藍色の蟇』を閉じるしかないだろう。

抽象画のようだ、というのが面白い。「遊行者」は、行脚僧のことであろう。一方に、「法服」という語句も見えるので、詩人は、まるで修行をするように〈詩〉に取り組んでいると言っているわけだろうか。ただ、修行をする対象が〈詩〉という、現実的、社会的には全く価値のないものであることは詩人本人も知っているので、そこには「自己憐憫」もあれば、「孤独」感もある。と同時に、自らの〈詩〉が、真理としての「美」を求めるものであることを自覚できた「自己満足」もあれば、「すがすがしさ」もあるということであろう。

私が「静かな決意」と、たんに意味的に読んだものを、篠田一士は「すがすがしさ」と見ているように思う。それが「抽象画」という評語にもつながっているのだろう。言ってみれば、「美」と「遊行者」とは、対立する概念でもある。修行をするためには、「美」などは必要ないし、それを、わざわざ「美」の修行をするなどと言うのは、「甘ったれ」で「いい気なもんじゃないか」と見えるかもしれない。ただ、その「美的信条の告白」に「すがすがしさ」を見る力は半端ないものではないだろうか。
篠田一士は、さらに書いている。

巨視的にいえば、『藍色の蟇』が顕示した美の世界はヨーロッパの「世紀末」文学のそれに直結しうるだけの質と普遍性をもっている、とぼくは確信する。だが、大手拓次が詩的創造を行なった風土は、およそ彼の文学的信条とは相容れない「私小説」のさきはう風土であった。現に、彼と並称された萩原朔太郎はこの風土に真向から挑戦し、矢つき刀折れる思いで、かろうじて、『氷島』の栄光を獲得したが、他方、室生犀星はこの風土とみごとに野合してしまったではないか。
かりにいま大手拓次の詩業を指して、砂糖菓子の城にすぎぬと罵言を放つものがいたとしても、その程度のことで三十年にわたる彼の執念が築きあげた美の面貌はいささかも曇ることはないだろう。大手拓次の詩的世界のなかにひめられた未知の財宝の意味合いはこれからようやくあきらかになるはずである。

大手拓次の詩に対して、確かに「砂糖菓子の城にすぎぬ」などという評言をのたまう人がいそうだなと思う。「三十年にわたる彼の執念」を知らなければ、現実離れした、甘い詩だとは言えなくもない。大手拓次は十八歳から四十六歳で亡くなるまで、およそ二千四百篇の詩を書いている。平均すると、年に八十篇ぐらいになるが、これは並大抵の量ではないし、なによりも、書き続けた拓次の「執念」を見ておかなくてはならないだろう。

そもそも、二千四百篇の詩の全貌が、その姿を現したのが昭和四十六年に出た白鳳社版の大手拓次全集であったが、どうもその後、残念ながら多くの人々に読まれたという形跡がない。全集別巻における原子朗の研究で、なぜか、全ては終わってしまったようにさえみえる。

篠田一士は文学史的な目配りもし、一方に萩原朔太郎や室生犀星を対置しながら、大手拓次の「普遍性」や、全集の中に秘められているはずの「未知の秘宝」に目を向けている。また、篠田一士は同じ文章の、別の場所で、北原白秋から出発した文学的貢献を三つあげ、「いささか図式的にいってみれば、大手拓次の官能の探求、吉田一穂の詩的宇宙の構築、それに萩原朔太郎の言語の精錬ということになるだろう」と指摘したりもする。篠田一士は、これを白鳳社版の大手拓次全集刊行の前に書いているわけだ。

文芸評論家としての篠田一士を語るほどの能力を、私が持っているわけではないものの、彼の鑑賞の力そのものは何度も味わったことがある。たとえば、大手拓次の、先の詩「美の遊行者」に重ねて、久保田万太郎の「また道の芒《すすき》のなかとなりしかな」という句を読んでみたらどうだろうか。この句には「人に示す」という詞書きが付いているのだが、篠田一士は次のように鑑賞してみせる。

どこまでいくとも知れぬ果てない道を歩いていると、茫々《ぼうぼう》と芒が生えていて、いったんは芒から抜け出たと思ったけれども再び芒の中に入ってしまった、いったいどこまで行けば芒がなくなって視界がはっきりするのか、行けども行けども人生というか、人の道というのは見分けがつかんものだ、とそういう句です。きわめて日本的なんですが、人生観照に道の芒をうまく生かしている。大したことないといえばそれまでなんだけれど、しかしこれは、つくれるようでなかなかつくれないうたです。人生観照というと何か哲学的なものを感じるかもしれませんが、哲学というよりもっと感覚的なもの、感情の深さがこめられている。そのへんが若い人にはわからんだろうと思いますね。あえていっときますけど。

これは『三田の詩人たち』（講談社文芸文庫・二〇〇六年一月）という評論集の中で、久保田万太郎について書いているところから引用した。評論というよりエッセイと言った方がいいかもしれないし、講義録である。短歌、俳句、現代詩の三つを全部あわせて考え、久保田万太郎、折口信夫、佐藤春夫、西脇順三郎に永井荷風を加えて、二十世紀日本の詩的言語の成立過程を論じたものだ。いやいや、こういう風にまとめてはいけないのだろう。篠田一士が何に感動し、なぜ惹かれ、どのような魅力を感じたのかが、そのまま語られていると言った方がいい。篠田一士は、特に慶応義塾大学と関係があるわけでもなさそうだが、扱う文学者がたまたま慶応義塾大学に縁があるというのもしゃれている。

たぶん、「哲学的というよりもっと感覚的なもの、感情の深さ」というところに、とても重要な指摘があるのだろう。まあ、この一句だけで、久保田万太郎の「粋な感触」を味わえと言っても、それは難しいとして、時には、正岡子規が排除した「江戸月並俳句の粋さ」を思い出すことが必要なのだろう。

この、久保田万太郎を論じている同じ文章の中で、篠田一士は、当然のようにボードレール、マラルメ、ヴァレリーについても言及しているし、俳句や短歌の世界の底辺部の広さに触れながら、その「アマチュア」性の中に、いくつか「そびえ立つ存在」を、どう見抜くか目を凝らす。

大手拓次が歩いている孤独な道は、まちがいなく西欧的で観念的なものである一方、まるで久保田万太郎の句のような「感覚的なもの、感情の深さ」も合わせ持ったものではないか、というのが、篠田一士の文章を読んで、私が考えたことなのである。篠田一士が、大手拓次の詩「美の遊行者」に対して、「抽象画」のようだと言い、そこに「すがすがしさ」を見ることができたのは、そのためではなかったのか、と一人合点した。

篠田一士は、先に引用した文章に、直に続けて、次のような久保田万太郎の句を鑑賞する。

雪の傘たゝむ音してまた一人

雪の日というのはとても静かで人の足音も聞こえない、雪を踏んでくるわけだから。それで傘をパタッとたたむ音がして、ああ、うちに人がやってきたんだなと分る。そういう句です。音が効いている。

まあ、それだけだと言えば、それだけのことである。考えてみれば、もう、現代では味わうことができない感覚かもしれない。私は子どもの頃を思い出して、昔の、そういう幻想的な雪の日を思い浮かべてみる。

篠田一士は『二十世紀の十大小説』（新潮文庫・二〇〇〇年五月）という大著の評論でも、「自分たちの文学創造の行方と、ヨーロッパ文学の新しい創造を、無理矢理重ね合わせ」た時期の日本文学を、「狂熱の妄想のなかで、自他のけじめもつかず、一体化を夢みた」と揶揄しながらも、次のような視点も用意している。

……みずからの感性と思考の働き、あるいは、志向を、できるかぎり大切にし、文学の成就《じょうじゅ》を願うものにとっては、ヨーロッパ文学を、まったくの他人事として追っ払い、近代日本文学の埒内《らちない》のみに閉じこもることは、到底、叶《かな》わぬ事なのである。なぜならば、近代日本文学が、原理においてよりも、生理において、ヨーロッパ文学のそれを受けつぎ、おのれの血肉といわないまでも、造血剤としていることを、すでに、われわれは嫌というほど思い知らされているからである。

そこで、篠田一士が挙げているのは上田敏の訳詩「落葉（秋の歌）」で、ポール・ヴェルレーヌの原詩と比べたりしている。そこに、大手拓次の訳詩を並べてもいいわけだ。私の言いたいのは、こういうことだ。大手拓次の詩業は、決して「砂糖菓子の城」などというものではない。大手拓次はボードレールその他を「造血剤」としたかもしれぬが、まちがいなく、それは大手拓次の「生理」にまで届いており、久保田万太郎の句と通い合う「感覚的なもの、感情の深さ」となっているのではないだろうか。

自然をつくる大神《おほかみ》よ、
まちの巷《ちまた》をくらうする大気のおほどかなる有様、
めづらしい幽闇の景色をゐがいて、

その　したしたとしたたる碧玉《サフイイル》のつれなさにしづみ、
ゆたかにも企画をめぐらすものは、
これ　このわたしといふ
青白い幻の雪をのむ馬。

大手拓次の詩「雪をのむ馬」である。大正三年（一九一四年）六月二十二日夜の作品だが、どこか、久保田万太郎の句「雪の傘たゝむ音してまた一人」を思わせるところがないだろうか。句「また道の芒のなかとなりしかな」の詞書き「人に示す」が、誰かに自分の心境を訴えたり、披露する意味があるように、「雪の傘たゝむ音」に他者を感じることができるように、大手拓次の詩「雪をのむ馬」では、「わたしといふ／青白い幻の雪をのむ馬」が、さりげなく我々に差し出されているのではないだろうか。

6　伊藤信吉は大手拓次をどう読んだのか

もう少しで、没後九〇年を迎えようというのに、大手拓次は相変わらず、同じような〝誤解〟の中にいる。彼は決して、単なる「幻想の追求者」でもなければ、エロティックな詩ばかりを書いていたわけでもない。私が描きたいのは、革新的、反逆的、実験的な方の大手拓次の姿である。

白い狼が
わたしの背中でほえてゐる。
白い狼が
わたしの胸で、わたしの腹で、
うをう　うをうとほえてゐる。
こえふとつた白い狼が

わたしの腕で、わたしの股《もも》で、
ぼう　ぼうとほえてゐる。
犬のやうにふとつた白い狼が
真赤な口をあいて、
なやましくほえさけびながら、
わたしのからだぢゆうをうろうろとあるいてゐる。

詩「白い狼」である。大正十年（一九二一年）四月二十六日夜に書かれ、大正十一年の「詩と音楽」九月号に掲載されたものだ。

狼が吠えている。「白い狼」が「真赤な口」を開けて吠えている。あざやかな色の対比と、何という理由もなく吠えている狼に、「わたし」自身もどうしようもなく苛立たしい。この狼は、「わたし」の身体のあちらこちらで吠えるのだから、それは「内部の狼」とでも言うべき存在なのだと思い至ったところで、その「狼」も、もう一人の「わたし」だと分かる。

読まなければならないのは、「わたし」も、「白い狼」も同時にそこに存在している点であろう。この二重性が大事なのではないだろうか。「白い狼」を何かの比喩だなどと考えるべきではない。

「白い狼」背中、胸、腹、股で吠える白い狼。その真赤な口。この狼は何の表象だろう。「なやましくほえさけび」というのだから、たぶん全身を這いまわる情欲だろう。しかしこの詩は粘っこくない。むしろあっさりとした言葉で綴られていることに留意すべきである。

伊藤信吉が、『日本の詩歌』26巻（一九七〇年四月）で書いた解説である。普通に読めば、まあ、それは「情欲」かもしれないが、そう言ってしまうと、つまらぬ作品になってしまう気がする。それよりも、「この詩は粘っこくない」、むしろ「あっさり」しているのはなぜなのかということの方が重要なのではないだろうか。たぶん、この時、伊藤信吉は白鳳社版の大手拓次全集を見ていないはずだから、彼は大手拓次の膨大な詩群の一部しか読んでいないし、萩原朔太郎の影響もあっただろうから、大手拓次に「陰湿で、密室の詩人ともいうべき憂欝な影」しか見ていない。

もんだいは、大手拓次が何のために〈詩〉を書いたのかということだ。彼は自らの存在のために〈詩〉を書いているので、情欲のために〈詩〉を書いているのではないということである。「情欲」を素材とすることがあるにせよ、主題は、あくまでも彼の実存が問われているわけだ。

そこで、「この詩は粘っこくない」ことや、「あっさり」していることから、実は「陰湿」で「憂鬱な影」にも、ただエロティシズムだけを読んではならないことに気づくべきであったと思うのだ。

たとえば、この詩「白い狼」に、次のような文章を重ねて読んでみたらどうだろうか。

——ニ＝エン曰《いわ》く、生活のなかにはつねに死滅しつつあるものがあって、このものは、しかし、あっさり死んでいこうとはせず、生存のためにたたかい、そのすたれものをまもっている。その一方において、生活のなかには、つねに新しいものがうまれてくる。この、生命へとめざめつつあるものは、しかし、かんたんにこの世へ出てくるのではない。それは傷つき、さけび、自分の生活権を主張しているのだ。

長谷川四郎『中国服のブレヒト』（みすず書房・一九七三年二月）から引用した。ブレヒトの『メー・ティ』（『転換の書』）をモチーフとしながら、さまざまな話題について、自在に語る長篇エッセイで、私は昔から愛読している。メー・ティは墨子、つまり墨翟《ボクテキ》で、ブレヒトが墨翟にことよせて考えたことが書かれている。言うなら『メー・ティ』は偽書で、彼の時代の「重要な政治的事件」をマルクス主義的に分析するもので、登場する人物は「中国ふうの名前」になっているので、不思議な印象だ。曰く、カ＝メーがマルクス、ザがローザ・ルクセンブルク、ミ＝エン＝レーがレーニン、ニ＝エンがスターリン等々である。ブレヒトによれば、中国人の名前は「めずらしい花のようなひびきをもつ」のだそうだ。長谷川四郎は「メ＝ティ」と表記しているが、私は、ブレヒトの『メー・ティ』を、『ブレヒト転機の書』（講談社・一九七五年五月）という題名で訳した八木浩に従って、「メー・ティ」と呼んでおく。

つまり、右の引用では、メー・ティがスターリンの言葉を引用しているというかたちになっている。長谷川四郎は「東ドイツがブレヒトにとって居心地があまりよくなかったであろうことは、じゅうぶん察しがつく」と言っているが、スターリンに対するブレヒトの考えの揺れ幅も大きい。

いずれにせよ、変革期には「傷つき、さけび、自分の生活権を主張している」姿を見ることができるということだ。それが「白い狼」だと言えないことがあろうか。言うまでもあるまいが、私は、何も大手拓次がマルクス主義者だとか言いたいのではない。大手拓次の、どこをどう見ても社会を変革しようなどという考えを認めることはできない。ただ、一人の人間が生き、彼自身が大きく変わるために、彼は自らの内部に「白い狼」を実感しないわけにはいかない。断じて、それは「情欲」などというものではなく、もっと激しい〝実存的な反逆の思い〟なのではないだろうか。

伊藤信吉は、そのことに、もう少しで気づくことが出来た場所にいたのかもしれない。

彼が岡田刀水士に向けたのと同じくらいの同情を、大手拓次に向けていたら、可能性としての大手拓次の像を描くことが出来たのではなかったか。萩原朔太郎の詩集『青猫』の影響を全身に浴びた岡田刀水士は、一時期は『アナアキスト詩集』にも作品を寄せたほどだったが、戦時中は詩から離れ、戦後はゆるやかに、まるで大手拓次のような詩風へと変化していった。岡田刀水士自身は大手拓次のことなど思いもかけず、萩原朔太郎の世界へ戻ったと考えていたと思うが、たぶん朔太郎を突き抜け、大手拓次のところへたどり着いたのではないかというのが、私の仮説である。

話を戻そう。

ちなみに、ブレヒトの『メー・ティ』の、一番新しい翻訳は、石黒英男・内藤猛訳『転換の書（メ・ティ）』（績文堂・二〇〇四年十一月）として刊行されている。右に引用した部分は、２９９「生と死」にある。その原文にはないのだが、長谷川四郎は、右の引用に続けて、「詩にすれば」として、次のように詩を掲げる。

われわれとわれわれの
子供たちの時代は
古いものと新しいものと
この両者の闘いの時代だ

闘いは各人の内部で
吹きすさび進行中

さて、これは長谷川四郎の詩なのか、それともブレヒトが別の場所で書いている詩なのか、よく分からない。長谷川四郎はそのことに言及していない。

それはさておき、人は、やはり、私の考えを深読みに過ぎるというだろうか。大手拓次がもう少し若い頃に書いた、エッジのきいた詩を、さらに重ねて読んでみてほしい。

ひややかな火のほとりをとぶ虫のやうに
くるくるといらだち、をののき、おびえつつ、さわがしい私《わたし》よ、
野をかける仔牛《こうし》のおどろき、
あかくもえあがる雲の真下《ました》に慟哭をつつんでかける毛なみのうつくしい仔牛のむれ、
鉤《はり》を産《う》む風は輝く宝石のごとく私をおさへてうごかさない。
底のない、幽谷の闇の曙《あけぼの》にめざめて偉大なる茫漠の胞衣《えな》をむかへる。
つよい海風のやうに烈しい身づくろひした接吻をのぞんでも、
すべて手だてなきものは欺騙者の香餌である。
わたしの躁忙は海の底に

さわがしい太鼓をならしてゐる。

詩「躁忙」で、大正三年(一九一四年)六月二十一日夜に書かれている。「躁」は「慌ただしい」とか、「さわがしい」という意味だろう。「忙」は「恐れる」とか、「われを失う」ことだろう。「躁忙」という熟語は知らなかったが、詩の中でも、「くるくるといらだち、をののき、おびえつつ、さわがしい」などという表現もあるので、まあ、そのような意味だと思う。「私」は自らの内部に何か、まるで「白い狼」のように、苛立たしいものを感じている。詩「躁忙」では、それは「虫のやうに」と喩えられている。いや、一方では「野をかける仔牛」であり、「さわがしい太鼓」でもあるだろう。大手拓次は間違いなく、何かよく分からない疼きを感じている。それはブレヒトの『メー・ティ』に書かれていることと、本当に無縁のことなのだろうか。

さらに、私は、ここで、中野重治『藝術に関する走り書的覚え書』(岩波文庫・二〇一〇年七月第四版)に、「付録」として収録されている「『郷土望景詩』に現れた憤怒」からの引用を重ねてみたくなる。中野重治は、「日本に新しい詩の運動が始められて以来幾人かのいい詩人を私たちは持った。」と始め、「あんなに柔《やさ》しい初期の藤村さえ」、その「詩作が戦い」であったことを指摘し、島崎藤村の「詩作」も含めて、萩原朔太郎の「詩作」に言及する。

だが彼の詩作が戦いであったというのは、彼がそれを意識していたということではない。彼はその感情と感動とが何に由来するか見きわめてはいない。彼は何よりもまず歌ったのであり、歌うことに急いだのである。だからそれは既成の詩歌観、倫理観、考え方一般にたいしては――客観的には、すなわち存在としては――戦いだが、それ自身のための――主観的の、すなわち主張としての――戦いではなかった。したがって彼は、主として恋愛、そして軟弱なものとして当時目かくし的に排斥されていた感情の解放を、それとして歌ったのであって、恋愛を蔑視するもの、彼にとってゆるがせにしえない強力な真実を軟弱だとして排撃するものにたいする反感や反抗やは、それ自身直接には彼の歌の対象となりえなかった。それの一歩手まえのもの、すなわち彼の意味における感情の解放は、彼の詩人としての才藻と推移する時とによって、ひとまずそれとしては完成された。そしてその完成が、同時に、その後起こった自由詩の運動の土台となって行ったのである。萩原朔太郎氏らの感情詩社の運動もこの自由詩の運動の一つとして起こったものにほかならない。

中野重治は言う。「だがこのときもやはり、その新しい感動がどこからきたかは考えられなかった。新しい感情はそれとして歌われ、詩人にはその新しい感情を与えたものをどうにかしようということ、与えられた感情を歌うだけでなくその与えられたものへの感情を歌うということは考えられなかった。」と。ここがもんだいだ。中野重治は、とても大事なことを言っている。島崎藤村から始めて、よりにもよって萩原朔太郎の詩に、「超俗性」よりも「反逆性」を読み取った文学者を、私は他に思い浮かべることができない。本人は意識していないのだが、中野重治は、それを分析的に解読してみせてくれている。この文章の初出は、一九二六年の「驢馬」十月号だ。残念ながら、この指摘が萩原朔太郎を変えもしなかったし、時代を動かすこともなかったものの、こういう指摘が出来たところに中野重治の眼の確かさを感じるし、萩原朔太郎の向こう側にいたはずの大手拓次の「反逆性」まで確認出来るのではないだろうか。

『月に吠える』が現われ『青猫』が現われたとき、人びとは感心し、けれども彼らを感心させた表現とその表現を必要とした感情がどこからきたかを明らかにしなかった。（中略）彼らがそれを明らかにしなかったばかりでなく、当の萩原氏自身も明らかにしなかった。もし氏がそれを明らかにしたのであったなら、おそらく私らは別の『青猫』を持っただろう。そこにはおそらく幾分の憤怒が盛られたろう。実際には憤怒は盛られなかった。憤怒は、「郷土望景詩」に至って初めて洩らされた。

本来ならば、では「郷土望景詩」に見られる「憤怒」がどのようなものであるのか、中野重治は、それをどのように論じているのか等について紹介しなければならない。中野重治は、萩原朔太郎の「反逆性」の具体例を示しながら、長々と論じている。まあ、それは本文を読んでいただくこととして、ここでは結論のみを掲げておきたい。

氏の「戦い」への仲間が社会主義者であり、社会主義こそが氏の身方であり、氏の敵は別のあるものであることを理解するためには、氏にとって、ただ一歩を踏みだすだけで十分なのではないか。「戦い」への意志があるということが重大なのではなく、いかなる「戦い」への意志があるかが重大なのである。

何も、萩原朔太郎は社会主義者だとか、マルクス主義者になるべきだったとか考えているわけではない。ただ、萩原朔太郎の「反逆性」は、「ただ一歩」で現実的なことに触れる可能性があったという指摘が重要だと思う。

同じように、伊藤信吉は大手拓次の「反逆性」に、「ただ一歩」で気づくべき場所にいたのではなかったのだろうか。中野重治が萩原朔太郎の「郷土望景詩」で彼の「憤怒」を見たように、伊藤信吉は大手拓次の詩「躁忙」や詩「白い狼」などに、「戦い」への疼きを感じるべきではなかったろうか。

7　詩「銀の足鐶」を読む

大手拓次らしからぬ作品を一つ読んでおきたい。詩「銀の足鐶――死人の家をよみて――」という、大正三年（一九一四年）六月十七日夜に書かれた作品である。

囚徒らの足にはまばゆい銀のくさりがついてゐる。
そのくさりの鐶《くわん》は　しづかにけむる如く
呼吸をよび　嘆息をうながし、
力をはらむ鳥の翅《つばさ》のやうにささやきを起して、
これら　憂愁にとざされた囚徒らのうへに光をなげる。
くらく　いんうつに見える囚徒らの日常のくさむらをうごかすものは、
その、感触のなつかしく　強靱なる銀の足鐶《あしわ》である。
死滅のほそい途《みち》に心を向ける　これらバラックのなかの人人は

おそろしい空想家である。
彼等は精彩ある巣をつくり、雛《ひな》をつくり、
海をわたつてとびゆく候鳥である。

読み終えてみれば、「いかにも大手拓次らしい作品じゃないか」とか言われそうだが、「らしからぬ」というのは、「死人の家をよみて」のところだ。言うまでもないが、これは、ドストエフスキーの小説『死の家の記録』のことだろう。調べてみると、片山伸訳『死人の家』(博文館・一九一四年)というのがある。白鳳社版の大手拓次全集「後注」に、「添書きには《(片山氏訳「死人の家」を見て)》とある」のが、これであろうか。そうだとすれば、彼は刊行されたばかりの本を手に取ったということになる。大手拓次は『死の家の記録』のどこにひかれたのであろうか。

ドストエフスキーが「監獄生活」によって、民衆に触れ、それが後年の大作を生み出す母胎となったことと、大手拓次の詩とは全く関係がないようにみえないでもない。「足鐶」は、言うまでもなく「足枷」のことだが、『死の家の記録』第二部では、「足枷」についての考察があり、どんな病気になっても、外されることのない「足枷」こそが囚人の印であり、「恥辱をあたえる」罰だというのが印象深い。それが「銀」だというのは甘いにせよ、「くさり」が「けむる如く」、「呼吸をよび」、「鳥の翅のやうに」羽ばたき、「囚徒」の心に希望と安らぎを与えているという逆説が面白い。マイナスがプラスに変わる瞬間だ。

大手拓次は地上の出来事の中で、ふいに、自らの「足枷」に気づいたのかもしれない。この詩が書かれた二年後から、まる十八年間、ライオン歯磨本舗広告部の会社員として過ごす。まるでカフカが、労働者災害保険局に就職しながら小説を書いたように、大手拓次も詩を書いたと言ってもいい。

大手拓次の「私の象徴詩論」（一九一二年七月）から引用しておく。

象徴詩は生活の象徴である。折にふれ汝の胸にある生の面影が出るのである。／詩人自身の個性の映像であり、人生の映像である。／現実を捨てるときはロマンチシズムとなり、現実を捨て得ないからこそ、象徴の文学が生まれるのである。飽くまでも現実の上に立ち、その苦しみをのがれんとして夢見るとき、二者のとけ合つた幻が生ず。

早稲田大学での卒業論文となった文章である。大手拓次は、群馬県の磯部温泉に生まれ、北原白秋のエキゾティシズムに影響を受け、萩原朔太郎等と共に、詩人として有望しされながらも、生前に一冊の詩集を出すこともなく四十六歳で亡くなる。その拓次の「足枷」が、あれこれ想像される。

8　感覚によるいたんだテクストの解読

最近は本当に、何を読んでも大手拓次に結びついてしまうので、自分でも困ったことだと思う。

たまたま、栗原幸夫『世紀を越える　この時代の経験』（社会評論社・二〇〇一年二月）という、いかにも硬そうな評論集を読んでいたら、ブロッホがベンヤミンを評した文章が引用されていた。なんとまあ、ジャズで言うならスウィングしているような印象を受けた。うまいことを言うものだ。もちろん、うまいことを言っているのはブロッホなのだが、こういう部分に目を付ける栗原幸夫も、なかなかのものではないだろうか。私も同じ本を持ってはいたのに、読んでもいなかったというのが情けない。一九三五年に、ブロッホは亡命地のパリで、同じく亡命して来たベンヤミンと再会したのだが、その頃を回想してブロッホが語っている。

副次的なものへの感覚《センス》、ベンヤミンはそれを持っていましたが、ルカーチにはそれがまるで欠けていました。ベンヤミンは意味深い細部を見る比類のない目を持っていました。本筋からはずれたところにあるもの、思考の中や世界の中でここから芽ぶきはじめたみずみずしい要素、おあつらえむきに生じたものでなく、それゆえぴたりとねらいすませたまったく独自の注意を受けるにあたいする、型にはまらず・尋常でなく・中断する・個別的存在を見る目です。このような細部、このような意味深い些細なことに対して、このような意味深い副次性のしるしに対して、ベンヤミンはたぐいない瑣事拘泥的な文献学者的感覚《センス》を所有していました。文献学者的というのは、この場合、観察されもし、また解読されもしたからです。感覚によるいたんだテクストの解読、書籍を読みふけるのではなく、書籍を通しての解読。その書籍に彼は耳の上まで埋まっていたばかりでなく、注意深く解読されるべき世界の経験に耳の上まで埋まっていました。つまりベンヤミンの持っていたのは独特に文献学的な感覚《センス》で、それはもっとも明瞭な感覚《センス》でもあり、外的諸現象およびほかならぬ目立ちながら気づかれないもの、あるいは気づかれないまま目立っているものは、この感覚のおかげで、こんな直感という形において、および現象ないし文字という形象において彼の目の前に顕現したのです。

（好村冨士彦訳「ヴァルター・ベンヤミンの思い出」）

だいぶ長くなったが、確かに『パサージュ論』のノートをとっていた頃のベンヤミンが想像できる。「意味深い細部を見る比類のない目」とか、「本筋からはずれたところにあるもの」や、「思考の中や世界の中でここから芽ぶきはじめたみずみずしい要素」、そういう「個別的存在を見る目」などというところに、「副次的なものへの感覚《センス》」があるわけだ。

ブロッホが思い出したベンヤミンの姿を、あれこれ考えていたら、なぜか、大手拓次の〈香料〉をモティーフとした一連の詩の方が前面に出てきてしまったのである。ベンヤミンと言えばボードレール論があるので、自然な連想が働いたのであろう。まあ、とりあえず、詩「香料の墓場」から読んでみようか。大正九年（一九二〇年）八月十日の作品で、大正十二年の雑誌「詩と音楽」に他六篇とともに発表された。ちなみに、「詩と音楽」は北原白秋と山田耕筰の二人を主幹とした月刊の芸術誌で、大正十一年（一九二二年）から翌年の十三号まで刊行された。

けむりのなかに、
霧のなかに、
うれひをなげすてる香料の墓場、
幻想をはらむ香料の墓場、

その墓場には鳥の生き羽《ばね》のやうに亡骸《なきがら》の言葉がにほつてゐる。
香料の肌のぬくみ、
香料の骨のきしめき、
香料の息のときめき、
香料のうぶ毛のなまめき、
香料の物言ひぶりのあだつぽさ、
香料の身振りのながしめ、
香料の髪のふくらみ、
香料の眼にたまる有情《うじやう》の涙、
雨のやうにとつぷりと濡れた香料の墓場から、
いろめくさまざまの姿はあらはれ、
すたれゆく生物《いきもの》のほのほはもえたち、
出家した女の移り香をただよはせ、
過去へとびさる小鳥の羽をつらぬく。

考えてみれば、〈香料〉というものが一種の死骸だというのは発見ではないだろうか。〈香料〉の原料が動物性のものか、植物性のものかは別として、それらには、もともと生命があったと思うだけで、まるで「感覚によるいたんだテクストの解読」でもするように、心が動くような気がする。心がざわめく。確かに「亡骸の言葉がにほつてゐる」のが分かる。

大手拓次が書いているのは〈香料〉の幻想である。誰が、こんなことを思いつくことだろう。よい香りの構造やその裏側まで考えるのが専門家であろうが、たんに専門家の眼ではなく、そこで思考する大手拓次の「細部を見る比類のない目」のみずみずしさを感じないわけにはいかない。大手拓次は〈香料〉から生命そのものを、まるで「テクストの解読」のように眺めてみせる。だからこそ、失われた命を求めるように、小鳥は過去へと飛び去るわけだ。

大手拓次の詩について、作品論としては最も細かな解説を書いている一人として、中京大学教授の佐藤房儀がいる。『現代詩鑑賞講座』第四巻（角川書店・一九六九年）で九篇を扱っているだけだが、これが白鳳社版の大手拓次全集以後に書かれたら、もっと違ったものになったことだろう。

できれば私は、もっとリラックスして書きたいのだが、研究者の文章に少しつき合っておくしかない。佐藤房儀は、全体の構成を起承転結として、五行目までが起部、六行目から十三行目が承部、十四行目から十六行目が転部で、最後の二行を結部とする。その承部についての評言が以下である。

まず、「香料の……」と説明風に並べているが、ここに述べられていることばはすべて人間の姿態であり、更に「香料の物言ひぶりのあだつぽさ」以下の四行によって、詩人がはっきりと女性を思い浮かべていることがわかる。だからといって女性を香料に託してうたったのだと考えてはならない。あくまでも香料そのものが対象である。香料の役目は、女の性の延長であり、女性らしさをきわだたせるところにある。香料は女性の肉体各部の美的代弁者であり、香料のつけられている部分の魅力を外にあらわすものである。この個所で「香料の骨のきしめき」という表現が、女性美の代弁者として香料をあらわすのにふさわしくないが、あまり強くイメージづけをする必要はないであろう。肌の次に骨をおき、肉体を具体的に印象づけようとしたものであり、墓場の連想から発して一抹の奇怪性を与えたものであろう。

大事な指摘がある。「女性を香料に託してうたった」のではなく、「あくまで香料そのものが対象である」というところである。佐藤房儀という人は詩作品の実作もしていたようなので、こういう部分での読み間違えがなくて安心だ。ただ、と言いながら、「香料の役目」が「女の性の延長」という方向へもっていってしまい過ぎたのが残念だ。むしろ、〈香料〉は「亡骸の言葉」だと考えた方がいい。考えてみてほしい。もしも、佐藤房儀の言うように、「女の性」のために〈香料〉があるのなら、それは、たんに「役目」であり、「美的代弁」にすぎないではないか。佐藤房儀は〈香料〉そのものが「対象」であるという、自らの言葉を裏切っている。

佐藤房儀が誤解しているのは、時代的なものがあるので仕方のないことなのだが、大手拓次は決して幻想の中で生きただけではない。「生涯女体に触れずに過ごした拓次の女性渇仰の思い」などという神話を信じてはならない。大手拓次は、間違いなく現実を生き、なお、そこで夢見たからこそ、〈香料〉を対象とすることができたと言うべきではないだろうか。

言い換えれば、〈女性〉は大手拓次にとって現実であった。彼は決して現実を捨ててはしていない。むしろ、現実にこだわることで夢見たところに、彼の〈詩〉が生まれたということではないだろうか。〈香料〉は「亡骸の言葉」であるとしたところに、大手拓次の〈詩〉の本質を見る思いがする。

さらに、佐藤房儀の評言を読む。

墓場はかずかずの埋められた香料から立ちのぼる湿気によって、雨が降ったあとのようにぐっしょりと濡れている。一つ一つの香料は、最も似つかわしい姿をとって幽霊のようにあらわれ、朽ちすたれゆく生物の最後の生命が燐火となって燃えたつごとく、炎をあげる。墓場に埋められた香料は、最後にはにおいがなくなってしまうわけで、立ちあがる姿は香料の最後のあがきである。香料は「生物」であり、同時に生気の「ほのほ」なのである。

私と佐藤房儀とでは、その結論が真逆であるのに、こういう部分的な読み方に関しては、全く違和感がない。彼が優れた読み手であることがよく分かる。〝童貞の詩人〟などという伝説が、まだ生きていた時代の〝縛り〟さえなければ、佐藤房儀は、もっと自由に読むことが出来たのではないだろうか。

この「墓場から」という起句によって引き出された終わりの四行は、動詞の言い切りの形を使い、テンポを早めて結んでいる。作品の初めと終わりの部分はなかなかみごとな行はこびであるが、中間の「香料の」ということばで起こされた各行は、音楽性よりも、少々くどく、だれている感じがし、惜しまれる。

佐藤房儀の言いたいことは分かる。でも、そう言う佐藤房儀さえ、「香料」の本当の意味を取り違えてしまうのだから、くどくどと「香料の」と、いちいち「香料の」と大手拓次は言わずにおれなかったのではないのだろうか。

逆に言えば、この「香料の」で始まる各行が、この作品の背骨のようになっているとも考えられる。大手拓次が「香料」によって〈詩〉に触れたということでもあろう。もう一篇読んでおきたい。

とびたつヒヤシンスの香料、
おもくしづみゆく白ばらの香料、
うづをまくシネラリヤのくさつた香料、
夜《よる》のやみのなかにたちはだかる月下香《テユベルウズ》の香料、
身にしみじみと思ひにふける伊太利の黒百合《くろゆり》の香料、
はなやかに着物をぬぎすてるリラの香料、
泉《いづみ》のやうに涙をふりおとしてひざまづくチユウリツプの香料、
年の若さに遍路《へんろ》の旅にたちまよふアマリリスの香料、
友《とも》もなくひとりびとりに恋にやせるアカシヤの香料、
記憶をおしのけて白いまぼろしの家をつくる糸杉《シプレ》の香料、
やさしい肌をほのめかして人の心をときめかす鈴蘭の香料。

詩「香料の顔寄せ」の全行である。大正十年（一九二一年）九月二十一日の作品で、大正十二年「詩と音楽」三月号に発表された。「顔寄せ」とは、辞書によれば、「芝居で、興行が確定した時に関係者全員が初めて寄り合うこと」で、そこから、単に「会合」のことや、「人を寄せ集めること」を意味するようになったようだ。まあ、元々、かなり派手な言葉なのだと思う。人気役者の多くが一堂に会する場面を思い描くだけで、その華やかさに圧倒される。まさに、右の詩「香料の顔寄せ」の一行一行が、それぞれ一篇の詩作品と言ってもいいくらいの内容を隠し持っている。大手拓次には、「……の香料」という詩がたくさんあるので、まるでヴァルター・ベンヤミン『パサージュ論』の一項目のようにさえ見える。

岩波現代文庫版『パサージュ論』第一巻（岩波書店・二〇〇三年六月）の解説で、今村仁司は書いている。「この著作は膨大な資料集であるかにみえる」が、実は「その一つ一つが『作品』なのではないだろうか。」と。また、「ベンヤミンの行う『引用』はいわゆる『断片』ではなくて、それ自体がまとまりのある『作品』である。」と。

9　幻の同人誌「あをちどり」

白鳳社版の大手拓次全集「後注」によれば、詩「暁の香料」について次のような説明がある。

　初出誌「あをちどり」は現在見ることができないが、大正七年（一九一八年―引用者）七月一日発行の同人誌「無言の歌」の編集後記的「合奏篇」第七項に以下の文章がある。「……『あをちどり』残本は郵税共金拾五銭でお分けする。内容は　大手拓次暁の香料、きれをくびにまいた死人、手のきずからこぼれる花、黄色い帽子の蛇、はにかむ花（以上詩）……」。

同人誌「無言の歌」と同様に、「あをちどり」も逸見亨との二人雑誌だったようだ。大正六年の「異香」や同七年の「無言の歌」の刊行を考えると、ことさらに同人誌で自らの作品を発表した時期の詩として興味深い。「あをちどり」は大正七年の発行のようだが、発行月等は不明である。もしも、どこかで発見されることでもあれば、是非とも見てみたいものだ。

まずは、詩「暁の香料」から読んでみよう。大正六年（一九一七年）四月十日に書かれて、清書稿が二種あるのだそうだ。

みどりの毛、
みどりのたましひ、
あふれる騒擾のみどりの笛、
木の間をけむらせる鳥の眼のいかり、
あけぼのを吹く地のうへに匍ひまはるみどりのこほろぎ、
波のうへに祈るわたしは、
いま、わきかへるみどりの香料の鐘をつく。

もしも大手拓次がジャズ奏者で、何らかの楽器で、お得意のアドリブを吹いたり、弾いたりしていると考えると分かりやすい。アドリブというのは、既に枠組みが決まっている曲のコード進行に合わせて、フレーズをつくることである。演奏者の頭の中には、たくさんのフレーズが蓄積されているわけだから、アドリブは即興演奏というより、アレンジの一種だと考えた方がいいのだろう。大手拓次は「みどり」という言葉に強く反応している。普通なら、「みどり」という言葉とは結びつくこともない言葉を、次々に呼び寄せる。「みどりの毛」は派手ではあれ、どこかで見つけることができそうだが、「みどりのたましひ」とくると、もはや現実的なものではなく、「みどりの笛」は現実にあるだろうが、ここでは、「あふれる騒擾」の音が「みどり」に聞こえる。そこで、「鳥の眼」がクローズアップされ、「地のうへに匍ひまはる」コオロギもクローズアップされ、まるで曙に教会の鐘でもつくように、「わきかへるみどりの香料の鐘」をついているというのだ。「暁の香料」などというものがあるはずもないが、その、あるはずのない「香料」を感じる。

次の詩「きれをくびにまいた死人」は、大正六年（一九一七年）十一月十六日の作品である。

ふとつてゐて、
ぢつとつかれたやうにものをみつめてゐる顔、
そのかほも、くびのまきものも、
すてられた果物《くだもの》のやうにものうくしづまり、
くさかげろふのやうなうすあをい息《いき》にぬれてゐる。

ながれる風はとしをとり、
そのまぼろしは大きな淵にむかへられて、
いつとなくしづんでいつた。
さうして、あとには骨だつた黒《くろ》いりんかくがのこつてゐる。

何ともグロテスクな描写から始まる。とはいえ、「すてられた果物のやうに」と比喩された「死人」は、本当は「すてられた果物」そのものかもしれないという疑いがある。比喩するものと、比喩されるものとの転倒がそこに隠されているような気がするのだ。すてられた果物に包み紙の切れはしが付いている様子、腐りかけた果物そのものが、かすかな甘い匂いを放っているような場面が浮かぶ。詩「暁の香料」と無理やりにつなげれば、「大きな淵」は何事かの終わりを示しているようにも見える。最後に残るのは「骨だつた黒いりんかく」だけである。

詩「手のきずからこぼれる花」は、大正七年（一九一八年）二月四日夜に書かれている。草稿の初めの題名は「手のきず」だという。

手のきずからは

みどりの花がこぼれおちる。
わたしのやはらかな手のすがたは物語をはじめる。
なまけものの風よ、
ものぐさなしのび雨よ、
しばらくのあひだ、
このまつしろなテエブルのまはりにすわつてゐてくれ、
わたしの手のきずからこぼれるみどりの花が、
みんなのひたひに心持よくあたるから。

また、「みどり」だ。普通だったら、「手のきず」から流れるのは赤い血であろう。アドリブでお得意のフレーズを吹いている感じだ。「こぼれおちる」のは血ではなく、「みどりの花」で、そこで「物語」が始まる。それを聞くのは、「なまけものの風」や「ものぐさなしのび雨」で、何やら、心あたたまる話のようである。何ともない詩だと言えば、それまでのことだろうが、柔らかで、ゆったりとした気持ちになる。

このリラックスした感じが大切だ。大手拓次は、例えば「手のきず」が何かの比喩だとかいうようには書いていない。一番最初に、詩「暁の香料」で、それこそ夜明けが歌われ、詩「きれをくびにまいた死人」では、その光の中に浮かび上がる死人のような果物が歌われていると考えれば、それはそれで絵になるし、腐った果物ではなく、死骸そのものであれば、より衝撃的であろう。見てはならぬ秘密が明かされたようなものであろうか。まるで、何らかの犯罪が、そこに隠されていたのかと思っていると、次の詩「手のきずからこぼれる花」で、血であるはずのものが「花」であるということで、一転して、リラックスした感じにもなる。そんな風に読んだら、どうだろうか。

次の詩「黄色い帽子の蛇」は、大正七年（一九一八年）一月二十九日夜の作品である。
制作順からすると、詩「手のきずからこぼれる花」の前に書かれている。この配列は、白鳳社版の大手拓次全集「後注」に書かれている順にしたがった。同人誌「あをちどり」に掲載された詩の順序を、「後注」に書かれている配列の通りと考えておく。

ながいあひだ、
草の葉のなかに笛を吹いてゐたひとりの蛇、
草の葉の色に染《そ》められて化粧する蛇の苦しみ、
夜《よる》の花をにほはせる接吻のうねりのやうに、
火と焔との輪をとばし、
真黄色な、青《あを》ずんだ帽子のしたに、
なめらかな銀《ぎん》のおもちやのやうな蛇の顔《かほ》があらはれた。

まあ、「草の葉」も「みどり」なのだろう。「蛇」も、大手拓次のお得意のフレーズである。「蛇」も「草の葉の色に染められて」いる。

必ずしも、何かの比喩として、そこに言葉があるのではない。もっと、ゆるやかに、ジャズのアドリブのように、ただ、それぞれを音のように感じて大手拓次の詩を考えたいと思う。それにしても、言葉は音楽ではなく、意味を持っている。詩を意味としてのみによって読んではならないが、その詩の価値としての側面は、やはり言葉で語らなくてはならない以上、やはり比喩としての機能について注意深く触れておかなくてはならない。他の場所で書いたので、ここでは再論しないが、〈香料〉は間違いなく〈詩〉そのものの暗喩である。

大手拓次が北原白秋主宰の雑誌「朱欒」などに発表し始めた頃は、それこそエッジをきかせた暗喩だらけの詩だったが、「香料」という言葉を手に入れてからは、彼の暗喩はしだいに柔らかなものになっていったというのが、私の仮説である。

この詩「黄色い帽子の蛇」の「蛇」は、初期の大手拓次が最も好んで使った言葉で、欲望の暗喩であったはずだが、ここでは特に、それが何かの比喩だとか、考える必要もなくなっているような気がする。

例えば、「ながいあひだ／草の葉のなかに笛を吹いてゐたひとりの蛇」を、大手拓次自身だと考えることは出来る。拓次自身の手になる「孤独の箱のなかから」と題された詩集の後書きに、「まったくその頃（「藍色の蟇」のころ――引用者）のわたしは、耳ののびる亡霊であった。みどりの蛇であった。めくらの蛙であった。青白い馬であった。つんぼの犬であった。笛をふく墓鬼であった。しばられた鳥であった。」とある。佐藤房儀は、そのことを「これらの陰気なもろもろの幻影は、詩人の心象の仮の姿であった。彼が孤独の中で自己を見つめた時、それらの奇怪な様相をした亡霊があらわれ出た。」と解説する。さらに、佐藤房儀は「詩人が自己を『藍色の蟇』であるとし、その蟇蛙が空想を描いているという、構成上の二重性と、現実の醜い自分が美しい空想をもち、自己のナルシズムを満足させている内容の二重性によって生じている。」と分析しているが、右のような詩篇についてては、もはや当てはまらないように思う。

それが「二重性」であることは重要な指摘で、大手拓次自身にとっても、その虚構性によって〈詩〉が自在になったのだと思う。確かに初めは、大手拓次は自らの、様々な欲望や感情を「藍色の蟇」とか、「みどりの蛇」や「青白い馬」などで表したのであったろうが、やがて、それらはジャズのフレーズのようなものになっていったのではなかったか。

そうでも考えないと、詩「黄色い帽子の蛇」のような作品を楽しむことが出来ないように思う。「なめらかな銀のおもちゃのやうな蛇」は、どう見ても大手拓次の内面にいるのではなく、彼の〈詩〉の虚構の中で動き回っている存在ではないだろうか。

あるいは、その「蛇」も、「ながいあひだ」大手拓次の内面の底でうねっていたのかもしれないが、今ではもう、「おもちゃのやうな蛇の顔」を、くっきりと白日の下に見せるのである。

最後の詩「はにかむ花」は、大正六年（一九一七年）十二月五日夜に書かれている。制作順からいうと、五篇の中で一番古い作品ということとなろう。仮に、この通りの順序で同人誌「あをちどり」に掲載されているとすれば、詩「黄色い帽子の蛇」の、その「蛇の顔」にからめてのことだったのではないだろうか。

黄金《こがね》の針のちひさないたづら、
はづかしがりのわたしは、
りやうはうのほほをほんのりそめて、
そうつとかほをたれました。
黄金の針のちひさないたづら、
わたしは、わたしは、
ああ　やはらかいにこげのなかに顔をうめるやうに、
だんだんに顔がほてつてまゐります。

この「黄金の針」は薔薇のそれだろう。薔薇の木に咲いた花が、そのとげに触れ、まるで、頰を染めるように、そんな色の花を咲かせたということではないだろうか。

まあ、たわいもない詩篇ではあるが、憎めない作品である。

作品の柔らかさは、生活が安定期に入っているからでもあろう。

大正六、七年というと、拓次が三十、三十一歳ぐらいで、ライオン歯磨本舗に就職した直後、逸見亭と知り合った頃であり、祖母・ふさが八十八歳にて亡くなった前後ということになろうか。

10　詩を読むことは「演奏」なんだ

オスカー・ワイルドが、「演奏こそ、最高の批評だ」と言っているそうだ。別にオスカー・ワイルドの言葉でなくても、なるほどと思う。なだいなだが書いた「詩的空間」という詩論の中で、この言葉を見つけた。フランス語では、「演奏」という言葉と、「鑑賞」というのは同じ言葉なのだともいう。「解釈し、理解し、そして参加しないことには、批評も出来ないわけです。」と、なだいなだは言っている。そうだ、まるで演奏するように、大手拓次の詩を読むことが必要なのだと改めて思う。

大手拓次の詩は「砂糖菓子の城にすぎぬ」という罵言の一方で、晩年の作品は「いかにも日本回帰」、あるいは「後退の現象」だという批判はなんとつまらぬ評言であろう。注意深く見れば、大手拓次の初期の詩にも日本的な抒情を認められるし、晩年の作品にも、彼の荒ぶる詩魂がうかがわれる。私が大手拓次の詩にくりかえし感ずるのは、彼の激しさである。

詩「みづのほとりの姿」を読んでみよう。昭和八年（一九三三年）六月八日の作品である。

すがたは　みづのほとりに　うかぶけれど、
それは　とらへがたない
とほのいてゆく　ひとときの影にすぎない。

わたしの手の　ほそぼそと　のびてゆくところに
すがたは　ゆらゆらとただよふけれど、
それは　みづのなかにおちた　鳥のこゑにすぎない。

とほざかる　このはてしない心のなかに
なほ　やはやはとして　たたずみ、
夜《よ》も昼も　ながれる霧のやうにかすみながら、
もとめてゆく　もとめてゆく
みづのほとりの　ゆらめくすがたを。

まず、本文の校訂を行わなければならない。とは言っても、異本があるわけではない。

佐藤房儀が『現代詩鑑賞講座』（角川書店・一九六九年六月）第四巻で注釈しているからだ。二行目の「とらへがたない」について、「普通ならば『とらへがたなし』と書くべきであろうが、口語的表現をとろうとして、『なし』に代えて『ない』を使ったものであろう。」と佐藤房儀は述べている。

残念ながら、元の原稿を見るすべもないので、ただ想像してみるしかないのだが、作品全体から考えれば、「とらへがたい」と書くところで、誤記してしまったということだろう。

第一連は、「ひとときの影にすぎない」と「すがた」の影だけに触れている。第二連は、「みづのなかにおちた　鳥のこゑにすぎない」と、波の微かな音とともに「すがた」の影をみとめている。つまり、「わたし」は、岸辺の「すがた」から、ゆっくりと遠ざかっているのが分かる。遠ざかっているから、その「すがた」を「もとめてゆく」という関係が示されている。「とらへがたい」から「もとめてゆく」のである。第三連では、それが「心のなか」のことだと書かれている。場面としては、湖などの岸辺に立っている、その「みづのほとりのすがた」から、「わたし」は、ゆっくりと小舟か何かで離れて行くということだろう。ところが、遠ざかっても、「すがた」は、なお「やはやはとして」たたずんでいるのが見えるというのだ。

この「やはやは」という感覚が難しい。生々しいとかいうと、少しニュアンスが違ってしまうが、どこか身近な感じがするということではないだろうか。

例えば、それが湖だとして、その湖が「はてしない心」と考えていい。「夜も昼も」ない世界だ。いや、夜と昼が切れ目なく続く世界だと言った方がいいだろうか。「ながれる霧のやうに」霞んでいる世界で、その世界の「ほとり」のような所に、何かの「すがた」が相変わらずたたずんでいるのが見えているし、「わたし」はそれを求めてもいる。それは、言ってみるなら、地上の出来事の中で悪戦苦闘している自分自身なのではないだろうか。

この詩「みづのほとりの姿」は、大手拓次の、最晩年の作品の一つだ。この作品は、一見、ゆったりとした世界を描いているようにみえる。だが、よく見れば、そこに浮かび上がるのは、決して〝静かなたたずまい〟ではなく、彼の荒ぶる詩魂ではないだろうか。「もとめてゆく」思いは、見た目よりも烈しいのだと思う。

他の評者の意見も聞いておきたい。『現代詩鑑賞講座』第四巻での佐藤房儀の「鑑賞」を、少々長くなるが引用する。

　この「みづのほとりの姿」とは何であろうか。作品では何ら規定していず、読み手の想像にまかされている。それゆえさまざまな解釈が可能であろう。これを拓次自身としてはいかがであろうか。「藍色の蟇」に見たナルキッソスの姿が、ここに再び現われ出ていると考えるのである。拓次が求めていたのは、現実人の肉体をもった恋人でも何でもない。自己の内部にある詩精神であり、美にあこがれる心であり、至上の美である。それは自己自身の精神以外の何ものでもなかった。それは感じることができても捕えることはできない。それゆえに、ナルキッソスが夜も昼も水辺にすわっていたように、彼もじっと、一点にいて動かず、至上の美をみつめていた。もし目を外にうつし、心をそらせるならば、それはたちまち消えてしまうのである。拓次が詩人として出発する初めにおいて、喜々として野山をかけまわっていたナルキッソスは、この生涯の終わりの作品において、水辺で自己の姿にみとれている。もはや、彼には水仙に変身する時間しか残されていない。

無駄と知りつつ、はかなく実を結ばない努力と知りつつ、詩人拓次は水影を求める。その徒労の中にこそ、彼の一生はあり、生存の意義があった。彼は今、そのことを十分にはっきりと知っている。生涯の幕が閉じられようとする間際になって、彼は自己の生命の有り様を、このように感じたのである。拓次は、あくまでも幻想の追求者であり、空想の猟人であった。

大手拓次の詩作品を分析的に読解した人は、残念ながら、そう多くない。大手拓次について全体的な研究をまとめた原子朗にしても、個別の詩作品についての評言は意外に少ない。その意味では、佐藤房儀の「鑑賞」は貴重なものであるし、その指摘にはうなずくことが多い。佐藤房儀自身も詩の実作をしていたようだから、その読みが具体的であるのも好ましい。ただ、いつも、結論が私の読みと真逆になってしまう。たぶん、それは白鳳社版の大手拓次全集をテクストに出来たかどうかという、時代的な差に過ぎないと私は思っている。

右の佐藤房儀の「鑑賞」も魅力的なのだが、やはり〝大手拓次神話〟に毒されていると思う。大手拓次が「幻想の追求者」であり、「空想の猟人」であるというのは、北原白秋や萩原朔太郎らがつくりあげた〝神話〟に過ぎないのではないだろうか。

この「みづのほとりの姿」とは、やはり大手拓次自身だろうというのは、私と同じだ。ただ、それが現実の私か、幻想の追求者としての私なのかの違いである。佐藤房儀の目に見えているのは、「ナルキッソス」としての大手拓次である。確かに、大手拓次が北原白秋の雑誌「朱欒《ザムボア》」に書き始めた頃の、エッジのきいた詩作品では、大手拓次自身が「ナルキッソス」を偽装したのだろうと考えられる。ただ、その頃でさえ、大手拓次はそれを充分に意識していたということだ。

その自己の二重性が、年齢を重ねると共に、ゆるやかになっていったというのが、私の仮説である。

大手拓次自身も言っている。「まったくその頃（「藍色の蟇」が出来たころ、初期のころ——引用者）のわたしは、耳ののびる亡霊であった。みどりの蛇であった。めくらの蛙であった。青白い馬であった。つんぼの犬であった。笛を吹く墓鬼であった。しばられた鳥であった。」と。そうだ、ナルキッソスどころではなく、大手拓次は、もっとグロテスクに自己を偽装していた。そこで、エッジのきいた詩を書いていたわけだ。やがて、香料についての連作や、薔薇についての連作を書き続ける内に、自己の二重性はゆるやかになって行き、たぶん〈香料〉や〈薔薇〉が〈詩〉そのものの隠喩となったことによって、作者が偽装する必要がなくなって行ったようにもみえる。

詩「みづのほとりの姿」では、それを小舟の中の「私」として、そこを湖だと想定していいなら、湖は〈詩〉そのものの暗喩で、小舟の中の「私」は〈詩〉に揺られ、〈詩〉をさまよっていて、岸辺の「現実の私」を求めている。大手拓次が求めていたのは、いつでも「現実の私」であり、地上の出来事で悪戦苦闘している自分自身だったというのが私の考えだ。逆に言えば、そうでなければ、どうして〈詩〉など書く必要があったのか。

11　大手拓次について、批評的な書き方ができるか

　大手拓次について、批評的な書き方ができるかというと、まったく疑わしい。なぜなら、大手拓次の詩は、あまりにも短く、似たような発想のものが多くて、すぐ逃げてしまい、忘れやすく、まったく作者の主観的なフォルムのものだからである。読んでいると気持ちがいいのだが、具体的なものをイメージすることが難しいので、消え去ることも早い。訴えかけてくるものの、知性に働きかけることがめったにない。だから大手拓次の詩を読んで、どういう作品であるかなんて、わざわざ説明することが面倒になってしまうのだ。

　――私は、この文章を、植草甚一のジャズ論（「六枚のミンガス・レコードを聴きながら」）をまねて書いた。植草甚一は「ともかくジャズは、よく聴いてみるほかない。」とも言っている。

　たとえば、北原白秋の妹の長男である、詩人・山本太郎も、大手拓次の詩「鼻を吹く化粧の魔女」の一部を引用し、拓次のことを「およそ主張というものをこれほど完璧に欠い

た詩人」などと評している。

しなやかに　ぴよぴよとなくやうな女のからだ、
ほそい　にほはしい線のゆらめくたびに、
ぴよぴよとなまめくこゑの鳴くやうなからだ、

ただ、「女のからだ」について書かれている。いやいや、「女のからだ」は入口に過ぎず、その「線のゆらめくたびに」、どういうわけか「鳴く」ように聞こえる「ぴよぴよ」という音そのものに興味があるのかもしれない。「ぴよぴよ」という音が、ただ心地よいだけだということではないだろうか。

もちろん、〈詩〉は言葉の〈意味〉だけではなく、言葉の〈価値〉によって出来上がっているわけだから、大手拓次の魅力は、やはり「よく聴いてみるほかない」ということだろう。実は、山本太郎の文章は、白鳳社版の大手拓次全集の月報（第5巻付録）の、「恐怖のはじまり」という題名のもので、「純粋な詩的衝動を入口として、怖い閉回路へ入れ」と、大手拓次の詩が自分に囁くように聞こえ〝怖い〟というものなのだ。まあ、分からなくはないな。それを「純粋」と褒めるか、「砂糖菓子の城」として貶すかは別として、大手拓次を論じようとする人は、そこで悩むことが多いだろう。

実は、詩「鼻を吹く化粧の魔女」ほか四篇は『現代詩集』第2輯（大正十年十月発行）に発表されているが、いずれも大正九年（一九二〇年）に書かれている。白鳳社版の大手拓次全集の第一巻に「大正九年（七十篇）」とあるので、そこから、目についたものを何篇か読んでみよう。

まずは、同年七月八日の詩「水草の手」の全行である。草稿では、水草に「すいそう」というフリガナが付いているようだ。これも『現代詩集』第2輯に発表された作品の一つである。

わたしのあしのうらをかいておくれ、
おしろい花のなかをくぐつてゆく花蜂《はなばち》のやうに、
わたしのあしのうらをそつとかいておくれ。
きんいろのこなをちらし、
ぶんぶんとはねをならす蜂のやうに、
おまへのまつしろいいたづらな手で
わたしのあしのうらをかいておくれ、
水草《みづくさ》のやうにつめたくしなやかなおまへの手で、
思ひでにはにかむわたしのあしのうらを

しづかにしづかにかいておくれ。

これは、分かりやすい詩だと言えよう。水の中で揺らぐ水草の、柔らかなイメージの心地よさが示され、それが、「あしのうらをかいておくれ」という、リラックスしたいと思う人の気持ちにつながっているのであろう。

これも、結局のところは「女のからだ」のことだろう。ここでは、たんに「おまへの手」ということになるわけだが、どこかで、「女のからだ」の柔らかささそのものがイメージされているように思う。「花蜂のやうに」も、「水草のやうに」も「おまへの手」の直喩ではあるものの、読んでいると、数え切れないほどの「おまへの手」が、何か独立した生き物のようにもなり、「水草の手」というよりも、「手のような水草」にさえ思われ、さらに心地のよいリズムそのもののようにも感じられる。

次は、詩「鼻を吹く化粧の魔女」が書かれた、七月二十三日の翌日に書かれた詩「睡蓮《ひつじぐさ》」の全行である。

あをくふくらむ朝《あさ》もやのなかに、
純麗のすがたをしめす女《をんな》ばな、
あまいうれひのかげはそのはなびらのしたにきえうせ、

絹《きぬ》のやうな細雨《ほそあめ》のさやさやとふるなかに、
ぬれ色のつやます女ばな、
不安にとぢる心を開いてくれるひつじぐさ、
白綸子《りんず》のやうなやはらかな花びらの手、
七月の朝雨のけむりゆくなかに、
あでやかなしなをするうす紫のひつじぐさ、
さてはまた、気高くみやびた面影をうつす黄色い花のわらひ咲、
ながれさる心のみづのやうに、
とびさる胸の鳥のやうに、
美しい思ひをひたす肌色のつぼみの花、
うるはしいさまざまの花の群れ咲《ざ》くそばに、
蠟そくのやうにほつそり附きそふみどりの巻葉《まきば》、
柳茶《やなぎちや》色の細巻葉、
うすとき色のつぼみの花と、
飴《あめ》色の花とのすれあふこゑのささやきに、
こころなく聴きいれば、
をどるやうな幸福と智慧《ちゑ》のたくみのにほひがする。

未《ひつじ》の刻に咲くので、「ひつじぐさ」の名があるというのだが、ちょっと腑に落ちない。「未の刻」と言えば、一般的には、午後一時から三時あたりであるのに、詩そのものは、七月の「朝雨」が描かれている。調べてみた「スイレン科の多年生水草。夏、花は午前中に開き、夕方にしぼむ。」などという説明とも少し矛盾する。大手拓次は「ひつじぐさ」という名に惹かれたのであろうから、それは専門家に聞いてみるしかないか。

詩の中には、「女ばな」とか、「花びらの手」とかあるので、大手拓次の詩想はずっと同じようなところをさまよっているということだろう。本当は、最後の四行の引用だけでよかったのかもしれない。「うすとき色のつぼみの花」と「飴色の花」とが「すれあふ」音に聴きいっている、詩人の姿がそこにあることが分かればいいのだから。

次は、同年七月二十八日の詩「わたしの眼をふさいでくれ」である。原稿の欄外には、「風見——風信器の事」、及び朱筆で「風の方向ヲハカルキカイ」の記入があるのだそうだ。

昼間の日光《につくわう》は恐ろしい。
わたしの眼をふさいでくれ、
はてしなくつづく海の色のやうに、
ごうごうと鳴る日光のなかに、

わたしのひよわな神経《しんけい》の魚はあへいでゐる。
わたしのまぶたに布《きれ》をかぶせてくれ、
水《みづ》の底の海蛇《うみへび》の病気したやうに、
うねりうねり、もたれあへいでゐる、
真赤《まつか》なつばさを燃やしながら、
ごうごうとかける昼《ひる》の日光、
さあ、わたしの眼《め》をかくしてくれ、
なんにも見えないやうに、
なんにもきこえないやうに、
風見《かざみ》のやうによろよろとなびいてゐるわたしの眼。

なぜ、大手拓次が密室に閉じこもるようにして〈詩〉を書き続けたのか、その理由の一端に触れているような内容でもある。

どのようにして自分を守るかが問われているのかもしれない。「ひよわな神経の魚」や、病気をしたような「水の底の海蛇」というメタファーが効いている。悪くない出来だと思う。ただ、海のようにも感じられる「昼間の日光」と、「風見」との関係が弱いので、最終行が、いささか唐突である。「ごうごうと鳴る日光」や「ごうごうとかける昼の日光」

というあたりが風を暗示してもいるので、「風見」が出てくるのは分からないわけではないとしても、やはり弱い。たぶん、主題は「よろよろとなびいてゐるわたしの眼」の方なのだ。本質的なものを見ないで、状況に流されようとしている自分自身を問うているのではないだろうか。

　つまり、大手拓次は病気でもないし、「ひよわな神経」などでもない。確かに、現実の大手拓次は多くの病気を抱えていたとしても、その詩精神は、決して弱いものではなかった。そうでなければ、あれほど膨大な詩篇を残すことなど出来るはずもない。もんだいなのは、むしろ彼の外側にある現実の方であろう。大手拓次は「風見のやうに」ならないためにこそ、「ひよわな神経」を守るふりをし、病気を偽装していると言えないだろうか。

　作品とは不思議なもので、完成度が高くなると、やすやすと作者を越え、作者など捨て去り、空高く飛んでいってしまうこともある。と同時に、どんな小さい、ささやかな作品でさえ、作者の精神的な格闘をうかがわせて、その一言一句を見逃せない場合もある。作者の神経そのものを目の前で見るように思うこともある。

　次は、八月一日の詩「白いむく毛の化物」である。原稿には、「白い綿毛の淫慾」とあり、下五字が消され、表題のように改められているのだという。

　　まるめろの内証ばなし、

どこへでもつれていつて下《くだ》さいというやうな、
おとなしい、溶《と》けるやうな肌の息、
「ねえ、きつとよ、
うそ言つちやいやよ。」
五月の地面《じめん》からのぼるしめつぽい息に似て、
ぼうつと白く、うすあをく、
心をだきしめる白いむく毛の化物。

これは、面白い。「まるめろ」の果実の、表面に綿毛が密生しているところから、女性の「肌」を連想したのであろう。いや、「白いむく毛の化物」とあるので、魔女の「肌」の方であろうか。

いずれにせよ、綿毛の密生を「溶けるやうな肌の息」と見ているところが凄い。そうか、「肌」というよりも、「息」の方がメインなのだ。その「息」が、まるで「ねえ、きつとよ、／うそ言つちやいやよ。」とでも言っているようなのである。また、綿毛の密生は、「五月の地面からのぼるしめつぽい息」のようでもあり、大手拓次は、そこに「淫慾」さえ感じているということなのだろう。

調べてみると、「まるめろ」は、バラ科、マルメロ属の落葉高木である。元はポルトガル語だそうで、本来は果実の名のことだという。英語名はクインス。別名「セイヨウカリン」、また、「木瓜《ボケ》」の字を当てられることもあるが、セイヨウカリン、ボケのいずれもマルメロとは別属。原産地は中央アジアで、花は春、葉が出た後に咲き、色は白またはピンクで五枚の花弁があるのだそうだ。

実は、大正九年の、この時期に大手拓次は、「香料」についての多くの詩を書いている。たぶん、そういう作品の一つとして「まるめろ」が素材として扱われたのではないだろうか。バラ科の香料は、大手拓次の現実的な仕事でもある。まあ、でも、「香料」については、今回はスルーしておきたい。ちょっと、量が多すぎるのである。

ということで、次は、二カ月後の、十月八日夜の詩「空からおりる爪」である。

くらい空の乳房《ちぶさ》から、
ぽつとりと乳《ちち》がたれるやうに、
ほそながい、まがつた爪《つめ》が、
おほきいおほきい輪《わ》をかいておりてくる。
それはわたしの幸福のしらせだ、
それはわたしの魂の嫁《よめ》入りだ、
ほころびる花のつぼみの笑顔だ。

ながい、まがつた爪は、
まだ空の乳房にさがつてゐる。
うすい茶色の、ほそながい新月のやうな爪、
ねばり強い、不思議な爪は、
ものをいふやうにぢつとさがつてゐる。
茶色の、ふかい爪、
水鳥《みづとり》のくちばしに似た爪、
くらい、ふかぶかと霧《きり》のたちこめた秋の空に、
いつぽんの爪がまるで蔓草《つるくさ》のやうにさがつてゐる。

これは、また不思議な作品である。確かに「乳房」のような雲はある。それは、たんに写実であるに過ぎないが、そこから垂れる乳が「まがつた爪」だというのは、超現実主義の絵画でも見ているようだ。

調べてみると、「乳房雲」の出現は、下降気流の発生を示唆していて、下降気流に伴って降る大雨や雹、雷に注意が必要だとされる。まあ、深読みは危険だが、「まがつた爪」が雷のようだと考えられないこともない。

次は、同年十月十二日夜の詩「をとめのひざ」である。

やはらかな、をとめのひざ、
まるいふくらみと、
はれやかな、また内気のやうな微動《そよぎ》とを持つてゐるひざ、
グロキシニヤの葉のやうにむづかゆく、
きぬのうぶ毛につつまれて、
かすかに、かすかにふるへるひざ、
ものうげに、かなしげに、
夕暮をなめてはわらふ　をとめのひざ。

ただ、「をとめのひざ」について書いてあるだけなのに、とてもいい。グロキシニヤは通称で、ブラジル原産の、イワタバコ科シンニンギア属の常緑または宿根多年草、和名はオオイワギリソウ。園芸植物として、温室栽培されることが多いらしい。私は、この花のことを何も知らないが、たぶんポイントは、「ビロード光沢のある花弁」というところなのだと思う。その花弁がつややかで、花色や花形も多彩であり、なお、日陰でも育つというから、大手拓次にとっては完璧な花ではないだろうか。詩をみると、葉には「きぬのう

ぶ毛」もあるようだし、文句はない。夕暮れに、そういうグロキシニヤのイメージを重ねるだけで、なんとも優雅な時間が流れるような気がする。月を見て、花を美人に見立てて酒を飲むというような漢詩を読んだ記憶があるが、そんな感じに見える。

こうして読んでいると、「大正九年（七十篇）」のほとんどに触れることになりそうだ。いずれにせよ、それは批評から、もっとも遠い行為であろう。

植草甚一の「モダン・ジャズは皮膚芸術」という文章の、次のような部分は、まるで、私の大手拓次に対するこだわりを説明してくれているようにも思う。

おまえは四十九にもなってモダン・ジャズが急にすきになった。こいつはすこし頭がどうかしているんじゃないかな。こう数年前にからかわれたもんですが、最近では、ぼくみたいに中年すぎてから急にモダン・ジャズづいてしまった人がずいぶん多いんです。

こうなってくる原因は、モダン・ジャズのサウンドがインテリジェントになってきたことと、耳で聴くいっぽう皮膚でもまた聴いているセンジュアルな要素がいっしょになっているからで、ためしにイヤホーンでラジオ放送のジャズを聴いてみれば、すぐわかるでしょう。

インテリジェントは知性ということであろうか。同様に、センジュアルは、肉感的、官能的ということであるが、いわゆるセクシーとは違い、色っぽいけれど、知性や気品を感じさせる美しさだと言われている。媚びないけれど沁みでるような色気だと説明している辞書もある。

植草甚一の〝中年〟どころではなく、定年退職してから、急に大手拓次に取り組んでみようと思ったのは、まさに、言葉の〈意味〉ではなく、言葉の〈価値〉の方が気になったからで、それを「皮膚でもまた聴いているセンジュアルな要素」だと言い変えてもいいのかもしれない。植草甚一はさらに、「そうなると、つぎからつぎへと新しいレコードが聴きたくなってくるのですが、すきになったモダン・ジャズは、皮膚を刺激した度合いで、その程度をきめることもできるのです。」などとも言う。そんな風に、モダン・ジャズでも楽しむように、大手拓次の詩を読めばいいんじゃないかと思うのだ。

12　軽いマニア病

たぶん、私は大手拓次に対して軽いマニア病にかかっているんだろう。大手拓次の詩なら、何でもみんな気に入ってしまうといった初期の徴候で、「おれが好きになったんだから、おまえも好きになるだろう」という感覚になりつつある。植草甚一に「マニア病」という文章があり、そんな感じの、ジャズ喫茶店のマスターが登場する。

ある晩遅くに、植草甚一がジャズ喫茶に入ろうとしたら、もう閉店なのだがマスターがドアを開けてくれる。何をしているのかと思ったら、モダン・ジャズのレコードをテーブルの上に出して整理していた。その中に、新しい輸入盤がいくつかあったので、ある一枚についてマスターに聞いたところ、「とてもいいよ」と答える。それで、もう一枚「これは？」と訊くと、「それもイカすなあ」と言う。三枚目も、やっぱり「こいつがいいんだ」と褒める。それからマスターは、膝の上に「二十枚ばかり縦にかかえて」、一枚ずつ横にたおしながら「これもいい」と二十回ばかり繰り返したというのだ。マスターが、どれも

植草甚一は、どうしようもない気持ちになる。もちろん、植草甚一は、そういうマスターに親近感を持って、モダン・ジャズに対し「軽いマニア病」にかかっているんだろうと考えるのである。

以下、私の、そんな思いを、ジャズ喫茶のマスターより、もう少し具体的に語ることは出来ないだろうか。

大手拓次の晩年に近い詩を何篇か、読む。

ことばは　うをのやうにあるいてゆく
こころの　たそがれを、
わすれぐさの　ひかりのなかを、
きえぎえに　けむる　みちのはだへを。

かげろふいろの　魚《うを》のやうに
ことばは　あるいてゆく、
くもりのなかに　にほひのふかれ　ちらばふとき、
ひるがへり　なみだつ　ぞよめきのしづけさに。

ことばは　みしらぬかげに　おびやかされ、
眼《め》のない魚のやうに　あるいてゆく。

昭和七年（一九三二年）五月八日に書かれた、詩「言葉は魚のやうに歩く」の全行である。ことば以外に、自分をつかまえることは出来ないのだから、そこで、ことばがもんだいになるのは当然のことであろう。自然科学とか、社会科学のような知的な構造物なら、論理によって成り立っているわけで、それがことばで書かれるなら、ことばの約束が定義され、何らかの前提がなければならないのに、特に詩の場合、詩人は自分の前提に対して、全くと言っていいほど自覚的ではない。いやいや、意図的に自覚しないことの方が多いかもしれない。最悪なのは、それが詩的な直感だと思い込んでいる人さえいることだ。

つまり、詩を読むということは、その「前提」を読みほぐすことが出来るかどうかということではないだろうか。

前提が曖昧なままに詩を書き進めるというのは、よくあることで、そうでもしないと、書き手は先へ行けないということも確かにある。

よく、大手拓次の孤独というようなことが言われるが、決してそんなことはなく、彼はボードレールを始めとして多くのフランス詩や日本の古典詩に取り囲まれていたことだろう。もんだいなのは、そこから先で、ただのモノマネや、〝いいカッコしい〟なら、それだけのことだが、本気で何かを考えようとすると血が流れるということになるはずだ。

右の詩「言葉は魚のやうに歩く」は、まさに、そういう前提をときほぐすように書かれている。「ことば」は大手拓次の思考そのもので、自然科学や社会科学のように論理的に進めないので、まるで魚が泳ぐような、しなやかな自由さを必要としているのである。表現上の暗闘であることがよく分かるのは、その微妙な感じが、「たそがれ」「きえぎえ」「かげろふ」「くもり」「にほひ」「しづけさ」等々の、淡いことばで描写されていることから想像出来るだろう。

この詩の主題は、言うまでもなく第三連であり、「おびやかされ」つつも、「あるいてゆく」〝意志の強さ〟にある。読者は、「眼のない魚のやうに」という比喩にだまされてはならない。それは「みしらぬかげ」から身を守るための偽装なのであって、大手拓次は間違いなく先を見据えているのだ。

以下は、西脇順三郎の〝受け売り〟に過ぎないが、少し余分な解説をしておく。アリストテレスの昔から、暗喩や直喩の作り方は「かけはなれた二つのものを連結する」ことであり、後のシュールレアリスムの詩作では、そうした形容法そのものが表現の目的となり、それがポエジーの内容でもあり、それを「モダニズム」と呼ぶようになったという。

その話の中で、西脇順三郎は「象徴《シンボル》」という表現法にも触れ、「この表現法は元来、無形な精神界にあるものを対象とする表現法であった。精神界に属する無形なものを象徴するために物質界にある有形なものを用いる」とする。たぶん、大手拓次などは、そういう象徴詩の構造に大きな自由を感じたのだろうと思う。ただ一方で、西欧の念入りな象徴形態には往生したのではないだろうか。

西脇順三郎自身は、象徴するということは何か別のものを形容することに過ぎないので、「詩作は何も象徴しない」と言っている。「ポエジーは無を象徴する」とも断言する。さらに、西脇順三郎は詩作上のもんだいとして、「ほのめかし《アリュージョン》」や、「つくりかえ《パロディ》」などはエリオットの言う通り「伝統」であり、詩人には大切な詩作法だともするのだ。彼は文学を読んだ時に、美しい記憶として残ることばや思考を引用する技法のすばらしさについて語る。

「ポエジーは想像することである」
「ポエジーは新しい関係を発見することである」

こういう西脇順三郎のことばを、大手拓次がもしも読むことが出来たら、もっと自由に詩を書けたことだろう。大手拓次の詩を読んだ萩原朔太郎がそれに驚き、その朔太郎の詩に影響を受けたのが西脇順三郎であるわけだから、まさに、右の西脇順三郎のことばは、大手拓次の詩の「前提」について考えるために必要な議論と言うべきかもしれない。

こういうことは、少々、「マニア病」にでもかからないことには、自覚的にならないもんだいだということではないだろうか。

こゑは　つぼみのあひだをわけてくる　うすときいろの霧のゆめ、
こゑは　さやいでゐる葉の手をのがれてくる　月色の羽音《はおと》、
こゑは　あさつゆのきえるけはひ、
こゑは　こさめのふりつづく若草の　やはらかさ、
こゑは　ふたつの水仙の指のよりそふ風情、
こゑは　月ををかしてとぶ　鴉《からす》のぬれいろ、
こゑは　しらみがかつてゆく　あけぼのの　ほのむらさき、
こゑは　みづをおよぐ　銀色の魚の跳躍、
こゑは　ぼたんいろの火箭《ひや》、
こゑは　微笑の饗宴。

昭和七年（一九三二年）六月二十八日夜に書かれた、詩「こゑ」の全行を引いた。ことばではなく、「こゑ（声）」について書かれているので、先の詩「言葉は魚のやうに歩く」と並べてみたわけである。

こういう詩を読んでいると、自ずとフェルナン・ド・ソシュールのことを思い浮かべずにはいられない。このスイス生まれの、この言語学の創始者が、後に『一般言語学講義』としてまとめられる「講義」をしたのは一九〇七年から一九一一年にかけてで、その時に学生が書き留めたノートをもとに、ジュネーブ大学での弟子たちが編纂し直したのが『一般言語学講義』であり、一九一六年に出版される。もんだいなのは、ここから先で、フランス語の原典から他言語に最初に翻訳されたのが、日本人の言語学者である小林英夫であり、それが一九二八年だったということである。

つまり、一九二八年（昭和三年）は、大手拓次が四十一歳であり、右に引用した詩「こゑ」は一九三二年（昭和七年）六月二十八日に執筆されている。いやいや、何も、大手拓次が小林英夫訳によってソシュールの『一般言語学講義』を読んでいたなどという荒唐無稽な主張をしたいのではない。ただ、時代は、そのような言語学的なもんだいを孕んでいたのではないか、とは思う。言語過程説で有名な時枝誠記がソシュール批判もしているが、その前に、国語学者の橋本進吉が一九三五年（昭和十年）にソシュールの学説に言及しているのだという。これが、大手拓次が亡くなった翌年である。

ことばというものが、なぜ通じるのかというのは、ソシュールの疑問でもあったろうが、大手拓次の頭を悩ましたもんだいでもあったろう。

音声から意味へ、意味から音声へというメカニズムの解明へ向かう考察は、科学者と、詩の実作者とではまったく違うだろうが、もんだいに対する思いの深さは同じではないだろうか。

大手拓次にラング（言語体系）とパロール（言語使用）とか、シニフィアン（意味するもの）とシニフィエ（意味されるもの）というような観点があろうはずもないが、「ことば」をもんだいにし、さらに、「こゑ」について考察するというところに、そういう言語学的な思考の、微かな始まりはなかっただろうか。

要するに、言語なり、ことばなりという対象が、実体として、客観的に存在しているのではない以上、「言語とは何か」とか、「ことばとは何か」という問いを立てることが出来ない時点では、まだ、すべては幻影なのである。そこに、大手拓次の苦悩もあったように思われる。

同じ「幻影」にせよ、「こゑ」の場合の方が、イメージがいささか具体的であるというのは、やはり、ことばとは、まず第一に「こゑ」であり、「できごと」であるためであろう。ウォルター・J・オング『声の文化と文字の文化』（藤原書店・一九九一年十月）第三章によれば、「マリノフスキーが明らかにしたように、『原始的な』（つまり、声の文化のなかで生きる）人びとのあいだでは、一般的にいって、言語とは、行動の様式であり、たんに思考を表現する記号ではない。」とされる。さらに、ウォルター・J・オングは、当時のマリノフスキーは「自分が言い当てたことを説明するのに苦心していた」とも言う。「なぜなら、一九二三年という時点では、声の文化の心理学的力学への理解は、まだほとんど存在していなかったからである。」と。

まあ、牽強附会に過ぎないが、一九二三年（大正十二年）に三十六歳になる大手拓次は、二年前から眼疾だけでなく、耳疾でも入院の後、病院通いが続いている。特に、前年にはライオン児童歯科院勤務の女性と、ライオン歯磨本舗の新入女性社員の二人に対し、〃片思い〃している。

改めて、ゆっくりと読んでも、ここでも「ことば」について語ったのと同じように淡い。「霧のゆめ」や「月色の羽音」であり、「けはひ」や「やはらかさ」、「風情」であり、「ぬれいろ」や「ほのむらさき」である。ところが、その後、「跳躍」という「できごと」を見ていることに、はっとするのは私の思い込みがなせる業であろうか。

続く、「火箭」は、戦いに用いられる火矢のことである。この詩の作者は、具体的に身体で痛みを感じてしまう。もちろん、その痛みに歓喜しているのであり、さらに続く行では「饗宴」の中にいる。


話すためには、もう一人の人間あるいは人びとを相手に話さなければならない。正気の人間なら、だれにともなく、ところかまわず話しかけながら森をさまよい歩きはしない。自分に話しかけるときですら、自分が二人の人間になったようなふりをしなければならない。なぜなら、どんな現実あるいはどんな空想［された状況］を相手に話していると思うかによって、つまり、どんな反応が返ってくるかと思うかによって、わたしの言うことは違ってくるからである。（中略）話すには、話そうとしている相手の精神と、話しはじめるまえに、すでにある意味でコミュニケーションができていなければならない。そうしたコミュニケーションができるのは、［相手との］過去の関係をとおしてかもしれないし、また、視線を交わすことによってかもしれない。さらにまた、わたしと対話の相手を引き合わせてくれた第三者を知っているからかもしれない。あるいは、その他無数にあるやりかたのどれかによってかもしれない。（［そうしたことが可能なのは］ことばは、ことば以外のものによってつくられている一つの［全体］状況の一様相だからである）。つまり、わたしの発言がかかわりうる他人の精神を、わたしは［話すまえに］なんらかのかたちで感じとっていなければならない。人間的なコミュニケーションは、けっして一方向的なものではない。

ウォルター・J・オングの『声の文化と文字の文化』第七章から引いた。この詩「こゑ」の頃、大手拓次は初期に比べて、ずっと社会的になっていたというのが、私の〝見立て〟である。大手拓次は、その初期に比べて、よほど多くの他人を「精神のうちに」持っていたのではないだろうか。

いささか逆説的にもなろうが、「こゑ」を意識することで、ことばを書くことの難しさに改めて出会っている風でもある。

［話されることばではなく］書かれたテクストは、一見すると、一方向の情報の通路のようにみえる（中略）。なぜなら、テクストが［書かれて］出現するとき、そこにどんな現実の受け手（読み手や聞き手）もいないからである。しかしながら［実は］、話すときにも、また、書くときにも、なんらかの受け手は［つねに］いなければならない。さもないと、どんなテクストも生みだされることができないだろう。だから、現実の人びとから離れたところにいる書き手は、虚構の［読み手や聞き手としての］人びとをひねりだすのである。「書き手の聴衆はつねに虚構である」。（中略）読者を虚構しなければならないということが、書くことをこんなにも困難なものにしている理由である。書くことの過程は複雑で、不確実性をはらんでいる。わたしは、自分がそのなかで書いている伝統を知らなくてはならない。もし望むなら、［伝統のかわりに］テクスト間の相互影響［間テクスト性］と言ってもいい。

同じく『声の文化と文字の文化』第七章から引用した。大手拓次は、その「精神のうちに」複数の他人を持っていただろうと思う。ボードレールやその他、多くの詩人たちがいたはずだ。ところが、現実の北原白秋を始めとする、同時代の詩人たちは、結果的には彼にとって、よい読み手や聞き手の役割を果たすことが出来なかったように思われる。

実際に「こゑ」を意識して書いたと思われる、晩年の文語詩や口語詩は、やはり、詩そのものの完成度が高いと言えない。「わたしがつねに思ふのは相変らずひとりの人である。そしてその人を対象として詩ができるのである。無限にできるのである」（詩稿欄外メモ）というのは、よく分かるが、そこには「伝統」もなく、「間テクスト性」も捨てられている。だから、大手拓次には、本当の読者が必要だったことを何かの痛みのように思わずにはいられない。

☆

同じ問いを重ねることでしかないものの、もう一篇、最後の連作詩「薔薇の散策」から、いくつか抜粋しながら、気になるところに触れておきたい。


こゑはこゑをよんで、とほくをつなぎ、香芬のまぶたに羽ばたく過去を塗り、青く吹雪する想ひの麗貌を象《かたど》る。

舟はしきりにも噴水して、ゆれて、空に微笑をうゑる。みえざる月の胎児よ。時のうつろひのおもてに、鏡を供へよう。

連作詩「薔薇の散策」は、序の他、1から36までの短詩を集めたもので、右に引用したのは、その序である。「こゑ」が意識されているので、先に引用した詩「こゑ」と重ねて読みたいと思ったのだ。まさに、「間テクスト性」という面から言っても、意味が取りやすいと思う。ただ、「芬《かお》る」という漢字が一般的ではないので、少し触れておきたい。音読みは「フン」であるので、「香芬《こうふん》」ということになろう。草が生えて、香気をただよわすことで、手元の辞書では「芳芬」の用例がある。音を表す「分」は、「発散する」意である「噴」にも通じ、それと「草」から成立した文字のようだから、その動きが「まぶた」のイメージへとつながったのであろうか。

いずれにせよ、具体的な「こゑ」が「とほく」のあれこれをつなぎ、そこに「青く吹雪する想ひ」まで出てくると、私はそこで、例の詩「もえたつ吹雪」や詩「曼陀羅を食ふ縞馬」まで思い返し、さらに吉増剛造の長篇詩「古代天文台」を思い出してしまうのである。

さて、日本は薔薇の自生地であった。それは『万葉集』に、「みちのべの茨《うまら》の末《うれ》に延《は》ほ豆のからまる君を別《はか》れか行かむ」とある通りであるし、「茨城」という県名の由来にすら、その名残りがある。

山本健吉の訳では、「道のほとりの茨の木末に這う豆のように、からまって離さない妻と、私は別れて行くことか」とある通り、上三句は「野趣横溢の序詞」で、何よりも「からまる」ものとして意識されていたわけだ。

ただ、大手拓次の思い浮かべる「薔薇」は、間違いなく西欧的なもので、明治以降、特に大正から昭和初期に一般家庭にも普及した、輸入ものの薔薇の方であろう。北原白秋にも薔薇の詩がある。

その、大手拓次の「薔薇」は、『万葉集』巻第二十の四三五二歌にあるような「棘《とげ》」にではなく、「にほひ」の方に重きがあり、端的に言えば、それは女性を象徴しているわけである。


刺《とげ》をかさね、刺をかさね、いよいよに、にほひをそだてる薔薇の花。


これが、連作の4番である。「昏々とねむる薔薇」(1)から始めて、「白熱の俎上にをどる」(2)姿や「しろくなよなよとひらく　あけがた色の勤行」(3)に続き、右の一行がある。

最晩年における、この「薔薇の散策」という連作詩は、右のような一行を毎日書いて、積み上げたものだ。具体的に言えば、序と1番が昭和八年三月三十一日。この三月に、大手拓次は茅ヶ崎、南湖院に入院している。2番が四月一日で、3番が同月二日、4番と5番が同月三日である。ここでは、「つねに思ふのは相変らずひとりの人」であり、「無限にできる」にせよ、「前提」も明らかに意識され、「間テクスト性」もあり、読んでいて気持ちがいい。

大手拓次は孤独であるかもしれないが、決して孤立していない。

大手拓次が、多くの薔薇の中に「つねに思ふのは相変らずひとりの人」を見ることは矛盾しない。たぶん、大手拓次は何か本質的なものに出会っているのだと思う。「ことば」は「こゑ」になり、間違いなく、それは具体的な女性を象徴したわけであろうが、それが、そのまま「薔薇」となっているのではないだろうか。

もちろん、その「薔薇」こそが「詩」なのだとも言える。

同時期に書かれた、大手拓次の、大量の文語詩や口語詩とは全く質の違う「詩」がそこにある。

現《うつつ》なるにほひのなかに　現ならぬ思ひをやどす　一輪のしづまりかへる薔薇の花。

これは、連作の20番で、五月十七日に執筆されている。薔薇の「にほひ」は「思ひ」であり、今は「しづまりかへる薔薇」でありながら、その内に、何と多くの「ことば」や「こゑ」が隠されていることだろう。

連作の全てについて触れたいところだが、序にからめて、連作の27番と31番を並べて終わりとしたい。27番が五月二十二日で、31番が六月三十一日、最後の36番が六月十七日。翌年の四月には亡くなるのである。「はだらの雪」も、「あをうみ」も、もう、それだけで大手拓次の世界の背景となっているし、「あをうみ」の上の空であろうと、底であろうと意味は同じであろう。

はだらの雪のやうに　傷心の夢に刻まれた　類のない美貌のばらのはな。

あをうみの　底にひそめる薔薇の花　とげとげとしてやはらかく　香気《にほひ》の鐘をうちならす薔薇の花。

くりかえし考えても、これらの薔薇は具体的なままで、天上の高みまで届いているようにみえる。

最後に妄想を一つ。非現実的なことではあるが、もしも、大手拓次がウンベルト・エーコの小説『薔薇の名前』（一九八〇年）を読んだとしたら、どんな感想を抱いたことだろうか。

話の中心は、元・異端審問官である、バスカヴィルのウィリアムの活躍の方である。ただ、その姿を追う弟子の存在が、物語に深みを与えていよう。語り手は、ウィリアムの弟子である見習修道士、メルクのアドソである。そのアドソが出会った、名前が明記されていない農民の少女こそが「薔薇」であろうが、同時に、その「薔薇」は多義的な意味をはらみ、迷路となり、その果てに「薔薇」の実在をアドソは実感したのではないだろうか。

いまにして思い当たるのだが、あのとき、ウィリアムは預言していたのだ。あるいは自然哲学の原理に基づいて、推論をしていたのだ。しかしあの瞬間には、彼の預言と推論とは、私の心を少しも慰めてくれなかった。ただ一つ確かなのは、あの娘がやがて焼き殺されるであろうという事実だけだった。私は自分も同罪であることを感じていた。なぜなら、彼女が火刑台の上で償おうとしていた罪は、いわば、私が彼女と共に犯したものであったから。

私は恥も外聞もなく、わっと泣きだすと、自分の僧坊へ逃げこみ、そこで一晩じゅう寝藁を噛みしめながら、おのれの無力さを思って泣きじゃくった。なぜなら、そのときの私には――メルクの僧院で若い同僚たちと読み耽った騎士道物語のなかの主人公のごとくに――愛する人の名前を呼んで涙を流すことさえ、許されなかったのだから。

この生涯において、ただ一度めぐり合った地上の恋人、その名前すら、私は知らなかったし、その後も知ることがなかった。

全七日間の「第五日」終課からの引用である。さらに、「最後の紙片」からも引いておきたい。

アドソは師・ウィリアムと別れ、歳月を経て、「充分に成熟した年齢」に達してから、事件の現場となった、「山上の僧院」の廃墟へ向かう。そこで、羊皮紙の切れ端をいくつか見つけ、解説を始めるのだ。

写字室《スクリプトーリウム》のなかは冷えきっていて、親指が痛む。この手記を残そうとはしているが、誰のためになるのかわからないし、何をめぐって書いているのかも、私にはもうわからない。〈過ギニシ薔薇ハタダ名前ノミ、虚シキソノ名ガ今ニ残レリ〉。

エピローグに代えて

——詩より他に神はなし

言うまでもないことだが、平岡正明『ジャズより他に神はなし』（三一書房・一九七一年七月）の書名から、そのフレーズを借りた。大手拓次にとっては、間違いなく「詩より他に神はなし」ということだったであろうと、今更ながら思う。

平岡正明といえば、いろいろ困ったところのある人だとは思うが、その「ジャズ的なノリ」で書かれる文章や、「カルチュラル・スタディーズ」としての成果は、珍重すべきものが多いのではないだろうか。

全身全霊《ボディ・アンド・ソウル》をさらすこと。パーカーやモンクが「おれのジャズに聴衆はいらねえ」というのは「おれは聴衆が欲しい」ということである。ジャズの成立過程に商業主義の介在は不可避の一要因であるが、それは黒人ミュージシャンが白人客の前で演奏することをふくむ。この場合、ふつうミュージシャンが秘めたるものを全力で冒そうとするようには客はジャズをきかないものであり、このように、客のもとめるジャズ演奏のスタイルとミュージシァンの演奏したいスタイルとが異なっていることにまで互いにとって互いがイモである状態が拡大されると、前記のような発言がうまれることになる。しかしミュージシァンはすくなくともつねに一人の聴衆をもっている。自分自身だ。だからこの時にかれが聴衆をつくりだすことに失敗すれば、かれのジャズは内省的で完結したものになり、「聴衆はいらねえ」という発言が「聴衆が欲しいんだ」という内心の吐露にいたる間に聴衆をつくりだすというすぐれてオルガナイザー的な課題が介在しかつそれに成功した場合には、かれのジャズは、ミュージシァンと聴衆との不可欠の環としてのジャズを連続させることができる。したがって、ジャズが烈しく変り、それがどこへ行こうとするのかが不分明なままでに混沌たる音の塊が投げだされる一方、不気味なほど完成されたリリシズムも完成するという現象は、たんに両者がたがいのアンチ・テーゼとしてあらわれてくるだけのものではなく、ジャズがオルグを開始し、しかもこれまでになかった聴衆の層をオルグしなければならないときにあらわれる本質的な現象である。ディオニソスとアポロンの対立がここにもあらわれる。

何ともまあ、あまりにも平岡正明的な文章よ。ジャズの話が、いつの間にか政治の方面に行ってしまいそうなところで、大衆文化論になり、与太話にもなっている。何だかメチャクチャなのだが、どうしても憎めない。

☆

さて、最後に、詩「そよぐ幻影」を読んでおきたい。「あなた」は「ことば」であり、「こゑ」でもあろうか。いやいや、それは女性であり、「薔薇」であり、もちろん、性別などにこだわる必要もないが、「詩」そのものでもよい。場所も「みづのうへ」でも、「さざめゆき」のふりしきる心の中でもよい。

あなたは　ひかりのなかに　さうらうとしてよろめく花、
あなたは　はてしなくくもりゆく　こゑのなかの　ひとつの魚《うを》、
こころを　したたらし、
ことばを　おぼろに　けはひして、
あをく　かろがろと　ゆめをかさねる。
あなたは　みづのうへに　うかび　ながれつつ
ゆふぐれの　とほいしづけさをよぶ。

あなたは　すがたのない　うみのともしび、
あなたは　たえまなく　うまれでる　生涯の花しべ、
あなたは　みえ、
あなたは　かくれ、
あなたは　よろよろとして　わたしの心のなかに　咲きにほふ。

みづいろの　あをいまぼろしの　あゆみくるとき、
わたしは　そこともなく　ただよひ、
ふかぶかとして　ゆめにおぼれる。

ふりしきる　さざめゆきのやうに
わたしのこころは　ながれ　ながれて、
ほのぼのと　死のくちびるのうへに　たはむれる。

あなたは　みちもなくゆきかふ　むらむらとしたかげ、
かげは　にほやかに　もつれ、
かげは　やさしく　ふきみだれる。

もう、私は言うべきことは言ってしまったような気がしている。大手拓次の詩の「前提」について、書くべきことは書いたように思う。その「間テクスト性」にも触れた。それでも、何度も何度も、同じ曲を楽しむように、自ら何かを語りたいようにも感じるのは、本当にどうしてなのだろうか。

大手拓次の詩も「聴衆はいらねえ」という考えと、「聴衆が欲しいんだ」という願いの間で、「聴衆をつくりだす」というドラマをはらんでいるのではないか、というのが私の仮説である。

そこで、くりかえし、くりかえし大手拓次の詩を読んでみるのだ。

☆

ポール・グッドマンの『ことば・そして文学』（紀伊國屋書店・一九七三年六月）の最終章は「詩の擁護ノート」と名付けられている。そこで、もはや「単に装飾か、余興か、あるいは、感情的な騒音」のようになってしまった詩や文学の現状を著者は嘆くのだ。

もう一度率直に言わしてもらえば、私はことばがもつ動物的、自然発生的、芸術的、人民党的な力を重くみる。こうしたことばの力は、扇動的であるとともにきわめて保守的でもある。私はりっぱな政治もそうだと考える。そして私は作家として、文学と詩が、みずみずしさを失いくずれてしまった言語の、欠くべからざる革新者であることを擁護したいのだ。

これは、同書第三章の末尾にある、ポール・グッドマンのことばである。ポール・グッドマン（一九一一～一九七二年）はアメリカの文学者で、詩や小説も書いたが、『不条理に育つ』や『新しい宗教改革』などで評論家としての方が名は通っているかもしれない。

大手拓次もまた、「詩の擁護ノート」を書くように、ことばに挫折しながら、詩を書き続けていたのではないだろうか。

（付1）訳詩というレッスン

――大手拓次〝薔薇忌〟における講演

こんにちは愛敬です。

私は特に大手拓次の研究者でもなんでもないのですが、ただ、萩原朔太郎に比べて、大手拓次の扱いが少し低すぎることに関しては、以前から不満に思っています。もっと評価されるべきだろうと思います。

今日は、特に新しい発見とか、新しい見方とかを申し上げることはできないのですが、多くの人々が大手拓次について語ることじたいに意味があると考え、この場に参りました。

私は群馬の生まれですから、地元の詩人についての興味というものはもちろんありますが、大手拓次は特に群馬ということではなくても、まちがいなくメジャーな詩人で、昔から私も読んで来ました。ただ、原子朗氏の『大手拓次研究』という、分厚い本を読んだ時、これはもう私ごときが言うべきことなど何もないと、遥か昔、諦めたことがあります。さらに、新しい全集が刊行されるという話もありましたので、それが出てから考えようとのんきに考えてもいました。ところが、どうもそれ以降、新しい全集が編集されるという動きもないようです。というわけで、このまま、ただ全集の刊行を待っていても仕方がありませんので、私の出来る範囲で大手拓次について考えてみようと思い直したところです。

というわけで、あれこれ考えてみまして、〈大手拓次の訳詩〉というのが、彼の詩について考察する、一つの入り口になるのではないかと思ったわけです。

ところで、大手拓次の偉いところの一つは、十八年間のサラリーマン生活を送ったことで、この点では、朔太郎を遥かに抜きん出ています。それから、もう一つ偉いところが、詩をコンスタントに書き続けたことです。訳詩の方も、ハンパな数ではないのです。

大手拓次の訳詩は、一九一〇年（明治四十三年）から一九二七年（昭和二年）まで約一〇〇篇が残っているそうです。その内、三〇篇が岩波文庫版『大手拓次詩集』に収録されています。中でも一番多いのがボードレールの作品です。時間の関係もありますので、それをほんの一つ、二つ、具体的に読んでみたいと思います。まずは、有名な「信天翁（あはうどり）」という作品です。

乗組の人人は、ときどきの慰みに、
海のおほきな鳥である信天翁《あはうどり》をとりこにする、

その鳥は、航海の怠惰な友として、
さびしい深みの上をすべる船について来る。

板のうへに彼等がそれを置くやいなや
この扱ひにくい、内気な青空の主《ぬし》は、
櫂のやうに、その白い大きな羽をすぼめて、
あはれげにしなだれる。

この翼ある旅人は、なんと固くるしく、弱いのだらう！
彼は、をかしく醜いけれど、なほうつくしいのだ！
ある者は、短い瀬戸煙管《きせる》で其嘴をからかひ、
他の者は、びつこをひきながら、とぶこの廃疾者《かたはもの》の身ぶりをまねる！

詩人は、嵐と交り、射手をあざける
雲の皇子《プランス》によく似てゐるが、
下界に追はれ、喚声を浴びては
大きな彼の翼は邪魔になるばかりだ。

ボードレールが二十歳の時の、インド洋への旅の思い出から書かれたものだと考えられます。ご存知かと思われますが、父が六十二歳で母・カロリーヌが二十八歳時の子供がボードレールです。六歳の時に、父と死別しています。さらに、翌年には母が再婚してしまいます。それまで独占していた母の愛情から離れ、孤独感を味わったことはおおよそ想像できるでしょう。勉学は優秀だったようですが、退学（理由は明らかになっていません）になっています。バカロレア（大学入学資格試験）に合格したものの、文学部志望を義父に反対されています。この時、家を出され、頽廃的な生活に入ります。やがて親族会議が開かれ、一時、パリから遠ざけるためにボードレールはインド行の船に乗せられるわけです。もっとも途中で、うまく逃れ、八カ月後にはパリに戻ってしまいます。

詩の方は、まあ、詩人としての自分自身を描いていると言っていいかもしれません。現実生活の中で何の役にも立たない自身を見つめ、と同時に、本当に自分は別の世界でこそ輝き生きるということを言いたいのかもしれません。

同じ詩を、比較のため、他の人の訳で読んでみたいと思います。

気晴らしのために　船員どもは　しばしば
巨大な海鳥《うみどり》のあほうどりをいけどりにする

しおからい深淵の上を滑ってゆく船のあとを追う
この鳥は　船路の旅ののんきな道連《みちづ》れ

だが　甲板に据《す》えられると
この蒼空《あおぞら》の王さまもぎこちなくはにかんで
白い大きな双翼を櫂《かい》のように両脇《りょうわき》に
あわれ　だらりとひきずる始末

翼あるこの旅人の　なんとぶざまないくじなさ！
あの美しさはどこへやら　なんと笑止《しょうし》な見苦しさ！
嘴《くちばし》を陶製《とうせい》の短いパイプでつつかれるやら
空を飛べない不具者《かたわ》の真似《まね》をびっこをひいてされるやら！

詩人はこの雲の世界の帝王に似《に》ている
嵐をおかして飛びまわり　射手《いて》を嘲《あざけ》り笑う身が
ひとたび下界に追いやられ　慢罵《まんば》の声に囲まれると
その巨大な双翼も　足手まといになるばかり

こちらは、明治四十三年（一九一〇年）生まれの村上菊一郎という早稲田大学の、フランス語の先生の訳、詩「あほうどり」です。訳は他にもいくつかありますが、なるべく詩的でないものということで選んでみました。一応、大手拓次の後輩になるわけです。「慢罵」は、ただ悪口のためだけに悪口を言うことです。

両者の訳は、特に大きな違いはありません。それにしても、「あほうどり」の翼が船の「櫂」に見立てられているあたりは、やはり、ボードレールはうまいものだなと思います。読んでしみじみするような作品ではありませんが、よく出来ている一篇だと思います。

ただ、二つの訳詩で、一つだけ対照的なのが、第三連の二行目です。村上訳は、「あの美しさはどこへやら　なんと笑止な見苦しさ！」であるのに対し、大手拓次は、「彼は、をかしく醜いけれど、なほうつくしいのだ！」と真逆に訳しています。フランス語のできない私には、実際は、どちらの訳のニュアンスが正しいのか判りませんが、私には、大手拓次のように訳さないと、ボードレールは救われないように思えます。

ついでに細かいことを言えば、第一連三行目の、村上訳の「しおからい深淵」も余りこなれた訳ではなく、大手拓次の「さびしい深み」の方が、孤独感が素直に示されているように感じます。

次に読むのは、「踊る蛇」という作品です。「蛇」というものの存在を、こういう風に「なまめかしいもの」のイメージとして扱うことは、少なくとも日本ではありえなかったような気がするのですが、どうでしょうか。萩原朔太郎の詩「愛憐」には出てきますが、出どころは案外、大手拓次の訳詩かもしれません。

まずは、大手拓次の訳です。

わたしが見るのを好む愛らしい怠惰者《なまけもの》、
お前のからだは左様に美しく、
ゆらめく星のやうにその皮がきらきらとする。

辛い匂ひを持つてゐる濃い髪の上に
海は青と褐色の波をもつて
かをりつつ又波浪する。

朝の風に覚める船のやうに
空想に沈むわたしの魂は
遠い空へと船出の用意する。

温良も苦味もこればかりもあらはれないお前の眼は
黄金と鉄との交りゐる
冷たい二つの宝玉である。

歩調をとりながら進むお前を見て
放逸の美しさ——
人は杖の端にをどる所の蛇とよぶだらう。

懶惰《らんだ》の重荷の下に
赤んぼのお前の頭は
年若い象の遊惰のやうにゆらゆらする。

お前のからだは美しい船のやうに
ちぢかまつたりまた長くのびたりする、
暗礁から暗礁とこぎまはり、水の中に帆桁《ほげた》をしづめてる。

つぶやく氷山の溶解によつて
波が大きくなるやうに、
お前の口の水が歯の縁にのつかるとき、
わたしは苦いうつとりとするボヘミアの酒を飲まうと思ふ、
私の心に星を撒きちらす液体の空よ。

恋人を描いているわけです。彼女は、〝黒いヴィーナス〟と渾名される、ジャンヌ・デュヴァルというハーフで、ボードレールは、インド洋の旅から帰って五カ月目（一八四二年七月）に出会ったようです。

第一連は女性の肌の美しさの描写。第二連では、女性の髪から海へと連想が飛び、まあ、日本的に言うなら、「後朝の別れ」とでも言うべき場面であることがよく分かります。女性の魅力と冷たさが「黄金と鉄」でたとえられています。さらに、女性はベッドから出て、たぶん裸のままで、寝起きですからふらふらと歩き始めるわけですが、それが、まるで杖の先で操られている蛇のように見えるというわけです。それが作品の題名になっています。「温良」は、性質などがおだやかで、すなおなことで、「遊惰」は、遊んで毎日を暮らすようすです。

さらに、そこに、ユラユラと歩く若い象のイメージを重ね、帆船が浪にもまれるイメージまで重ね合わせるわけです。やはり、天性の詩人なのだなと思います。さまざまなイメージを自在に扱う手つきに魅了されます。ボードレールは、ただ単に、女性に首ったけになっているだけではありません。

次の場面では、氷河が溶け川に流れ出るようすが、実は、彼女の口の中のことだと分かるわけですから、いきなり、女性の口の中がアップで映し出されたようなもので、少々びっくりします。

先ほどと同じように、村上菊一郎の訳も読んでみたいと思います。

わたしは好きだ　ものうげな恋人よ
　美しいおまえの素肌《すはだ》が
ゆらめく布地のようにきらきらと
　光るさまを眺めるのが

きつい薫りのただよっている
　おまえの深い髪の上を
青い波や褐色《かつしよく》の波のゆらぐ　匂いのよい

さすらいの海の上を

朝風に目を覚《さ》ます一隻の船のように
　わたしの魂は夢心地
はるか遠くの空をめざして　いまこそ
　出帆の準備をする

やさしい気持も苦い思いも　そとに
　見せないおまえの眼は
金と鉄とがまざり合った二つの
　冷たい宝石だ

調子をとって歩いてゆくおまえを見ると
　放縦《ほうじゅう》な美しい女よ
棒の先であやつられ踊《おど》る蛇だと
　いえるかもしれない

子供っぽいおまえの頭は　怠惰の
　重荷におしひしがれて
まるで若い象のように　なよなよと
　しなやかに揺れ動き

からだをかがめて横ざまに倒れる姿は
　ほっそりした帆船《はんせん》が
右や左にはげしく揺れてやがて波間に
　その帆桁《ほげた》を沈めるようだ

ごうごうと氷河が溶けて流れ出て
　水かさのふえる川のように
おまえの歯並の岸のほとりに　おまえの
　唾液があふれ出るとき

苦いけれど陶然と人を酔わせる
　ボヘミヤの酒や　わが心に

星を撒《ま》く流動性の大空を　わたしは
飲みほす心地がする！

同じ詩を訳しているわけですから、それほど違いがあるわけではありません。時代的な隔たりもあるので、基本的には村上菊一郎の訳の方が正確な訳をしているのだろうという思い込みが、私にあります。

ただ、この詩の場合は、全体の流れから来る印象が大きく違います。村上菊一郎の訳は欧文脈で、ほぼ倒置法に近い訳を重ねています。それに比べて、大手拓次の訳がずいぶんと柔らかい印象を私たちに与えてくれます。「る」音がくり返し使われ、全体のリズムがつくられ、最後に、詠嘆の「よ」でまとめられます。それに比べると、村上菊一郎の訳にはリズムというものがないように感じられます。

まあ、そのことをことさらに言い立てては、詩人ではない村上菊一郎に申し訳ないわけですが、やはり、大手拓次の訳が見事だということなのでしょう。二篇の詩「信天翁（あほうどり）」の訳を比べてみると、こちらも大手拓次の訳には「る」音が多いのです。大手拓次という人がどれほどリズムということに意を用いたかが分かるような気がします。

実は、大手拓次は、この詩「踊る蛇」をさらにもう一度、訳し直しています。私は今回、大手拓次の詩の引用を、すべて岩波文庫から引いていますが、文庫には、つまり詩「踊る蛇」の二つのバージョンが収録されているのです。

わたしはどんなに見たいのか　ふしだらな恋人よ、
お前のうつくしいからだから
きらめく星のやうに
肌のひかりのながれるのを！

きついにほひの、
ふさふさとしたお前の髪のうへに、
青と茶色の波はもつれ
かんばしく　ただよふ海、

朝ふく風に
目覚める船のやうに、
ゆめみる　わたしの魂は
とほい空へと　船出の用意する。

やさしさも　きびしさも
すこしもみせない　お前の眼は、
黄金《きん》と鉄とのとけあつた
つめたいふたつの宝石である。

気儘な恋人よ、
お前が　足どりかろくゆくのをみれば、
鞭《むち》のさきに　へらへらと
をどる蛇かとおもはれる。

お前の　こどもあたまは
懶惰《らんだ》の重荷にたへかねて
象の子のやうに
なよらなよら　とゆれうごき、

お前のからだは　こごんだり　のびたり、
ちやうど　あちらこちらにゆらめいて

みづのなかに帆架《ほげた》をひたす
しなやかな船のやう。

がうがうと　氷河のとけるにつれて
あふれてきた波のやうにも、
お前の唾《つば》のしたたりが
歯のふちにうかみでるとき、

にがいけれども　うつとりと
ボヘミアの酒をのむかのおもひがする、
ああ　わたしのこころに
星をまきちらす　きれいな空よ！

見られる通り、作品はまさに見た目でも分かるぐらいにシンプルに、しなやかになっています。「きらめく星のやうに」というのは、元は「ゆらめく星のやうに」から変更されていますが、以前も同じ行の中に「きらきら」という表現があったのです。さらに、単にシンプルになっているだけではなく、大きな、訳の逸脱というか、踏み外しというか、改変もおこなわれています。擬態語・擬音語の類も次のように多用されています。

2連2行目「ふさふさ」
5連の3行目「へらへらと」
6連の4行目「なよらなよら」
8連の1行目「がうがうと」

それにしても、良い詩だなと思います。残念ながら、私には原詩を読む能力がないのですが、まず、日本語の詩としてすばらしいと思います。まちがいなく大手拓次の詩だなと思います。今日の話の結論は、最初からみなさん分かっていらっしゃる通り、たとえば画家が名作の模写をして修業するように、大手拓次はボードレールを訳すことによって本物の詩人になったということです。まあ、結論より、具体的に作品を読むことの方が大切だということでしょうか。

最後に、せっかくですから、大手拓次自身の作を二篇だけみておきたいと思います。

この　ぬるぬるとした空気のゆめのなかに、

かずかずのをんなの指といふ指は
よろこびにふるへながら　かすかにしめりつつ、
ほのかにあせばんでしづまり、
しろい丁字草《ちやうじさう》のにほひをかくして　のがれゆき、
ときめく波のやうに　おびえる死人の薔薇をあらはにする。
それは　みづからでた魚《うを》のやうにぬれて　なまめかしくひかり、
ところどころに眼《め》をあけて　ほのめきをむさぼる。
ゆびよ　ゆびよ　春のひのゆびよ、
おまへは　ふたたびみづにいらうとする魚である。

（「春の日の女のゆび」全行）

「チョウジソウ」は五、六月に薄青色の花を咲かせます。以前は、北海道から宮崎県まで、やや湿った草地に自生していたようですが、今は「絶滅危惧」に評価されているようです。園芸用に販売されているのは、北米原産種だそうです。

特に、擬態語・擬音語の類が目立つもの、リズムが「る」音で整えられているものということで選んでみました。

右の詩は、春の女の指を魚にたとえているところに、詩的な全重量がかけられています。

まあ、おだやかに言えば、春を迎えた女性の喜びとでもいうのでしょうが、作品は瑞々しく、いや、なまめかしくなっているところに、ボードレールの影響を見るべきでしょう。書かれたのは昭和二年（一九二七年）三月九日午前で、昭和二年の「近代風景」四月号に掲載されたものです。

そのあをじろさの
それとなく　うつつににほふつばさのかげに
もれもれする葉かげの細い月のやうに
おまへの眼が　かなしみにわらつてゐる
あからむ花のやうに　また　ひそまりしづむなげきの羽のやうに
やはらかく　わたしの胸にときめきをせまり
くるしさのつぶてを　かなたこなたのゆめにちらして
おまへは　めぐる日のやうにもえてくる
まぢかに　そよそよとゆれてくる　美しい眼の恋人よ
わたしのむねは　青い鐘のひびきにぶるぶるとふるへてゐる

（「青い鐘のひびき」全行）

こちらは、鐘がぶるぶるぶるふるえるように「美しい眼の恋人」に魅かれている心を描いています。どう考えても、恋する心でしょう。こういう感情の微妙さというものはなかなか表現することができないものです。書かれたのは昭和三年三月二十四日夜で、昭和三年の「生誕」五月号に掲載されたものです。

（付2）岡田刀水士の初期詩篇

一

こんにちは、愛敬です。

今日は、岡田刀水士の初期詩篇についてお話をさせていただくわけですが、まずは、私が岡田刀水士の作品とどのように出会い、その作品のどこに魅力を感じているかというところから始めたいと思います。

私は群馬の北部、吾妻の生まれですが、出会いは『群馬年刊詩集　一九六八』（煥乎堂）という、群馬詩人クラブ編集のアンソロジーです。それを買ったのが高校一年生の時か、二年生かよく憶えていないのですが、値段と買った本屋さんはよく憶えています。四百円というお金が、当時どれくらいの価値があったか、もう分かりませんが、まあ、ちょっと考えてから使う額だったのではないでしょうか。あれこれ悩んだ上で買いました。今から考えれば、そんな現代詩のアンソロジーを買う男子高校生というのも少し不気味な気もしますが、とにかく買い、多くの詩を読み、それぞれの作品に、「○」とか、「△」とか、「×」とか付けているわけです。その時はそれだけで、後で調べてみると岡田刀水士の作品にも「○」は付いているのですが、その作品よりも、たぶん「刀水士」という名前の方が印象に残ったのだと思います。次に、私が岡田刀水士と出会うのは、ほぼ十年を隔てて一九七九年になってからです。

これはご存知の方はいらっしゃらないだろうと思いますが、昔、立中潤という詩人がいまして、残念ながら私は面識はなかったのですが、その立中潤は、一九七五年に二十三歳で自殺します。その立中潤の日記『闇の産卵』（弓立社）が一九七九年に出ているのですが、その中に岡田刀水士のことが、たった一行出てくるのです。

岡田刀水士「幻影哀歌」久し振りに読む。妙に魅力ある詩集だ。

先ほども言いましたが、立中潤と私は何の関係もありませんでした。ただ年齢が同じ（もっとも、立中潤は早生れで、学年は一つ上になります。）でした。同時代で詩を書く者として立中潤を意識はしていましたが、彼が自殺した時も、特にショックはありませんでした。しかし、立中潤の遺稿集や日記が出版され、同じ年齢であったことやその他様々なことを知り、あれこれ考えるようになりました。

さらに、その日記の中に「岡田刀水士」の名前を見出した時は本当に驚きました。実際、声をあげてびっくりしました。

「久し振りに」ということですから、立中潤はくりかえし『幻影哀歌』を読んでいるわけです。ちょっとやられたなという感じです。うまく言えませんが、先を越されたという感じに近いかもしれません。私だって、ずっと前から名前だけは知っているが、そんな風に身に沁みるように岡田刀水士を読んでいない。まいったなという感じです。当時、岡田刀水士をわざわざ選り分けて読むというのは、それほど簡単なことではないと思います。また、今回改めて思ったのですが、先に引用した日記の書かれた日時なんですが、一九七四年八月二十二日（木）なんです。つまり、立中潤が高校生の頃には岡田刀水士はまだ生きています。大学生の立中潤は、岡田刀水士の晩年に出された詩集『幻影哀歌』をどこでどう手に入れたのか、読んでいます。岡田刀水士が一九七〇年九月に亡くなったことを、立中潤が知っていたかどうか、分かりません。作品というものは、どこで、どういうめぐり合わせで誰が読むのか分からないものですが、私にはそれが孤独な魂と魂とが出会っている美しい情景に見えます。晩年の岡田刀水士の詩と若くして死ぬ立中潤の魂がどこで共鳴したのでしょうか。

立中潤は、岡田刀水士の作品のどこに惹かれたのでしょうか。具体的には何とも書いてないので、全くの当てずっぽうなのですが、その作品の濃密さに惹かれたのではないかと思います。テーマとしては〈性〉と〈死〉だろうと思います。詩集『幻影哀歌』から何を引用してもいいように思いますが、私の好みで「果てしなさ」という詩を引用します。これは、晩年の二詩集『幻影哀歌』『灰白の螢』に共通することですが、一行が十六字という独特なスタイルの散文詩です。読んでみます。

夢で（果てしなさ）という喫茶へ
誘われていた　目がさめてからそこ
を捜し当てて水の椅子に腰かけてい
ると　天の二倍も高い処で消滅して
いく時の音が聴かれた　私のこの顔
さえ果てしなくて　引きとめようが
なかった
不意にあのひとがこの真夏を　白
い矢羽のように尖って私と向き合っ
たが　ウンメイの刺々しい鎖を話し
かけた　いまは二度お会いできたの

に　こんな矢羽一つの姿しか持っていないとは　と涙ぐんでおられた
　その二度ということを思い出さなくてはならなくなってやがて　いつか〈塔の駅〉のホームで　ツバナと化してその花を　私に拾わせたひとと気づいた　あれから百年も経ってしまったのだ　今はそのひとの哀しみさえ　心荒く顔を反けるばかり　われながら不甲斐なくて　この衰えた腕や足をかじりながら怒った　そんな私に真実が見えるというう　今更なにを希まれるのだろう
　ときおり蜻蛉がとんできたがその羽音のなんと高いこと　でもこれからさき十年も生き延びられたばあいには　この蜻蛉の羽で果てしない時

計を二つ作ろう　おたがいに一つず
つ持って　永劫にしあわせを欲張る
のです。

今日は初期作品が中心ですから、簡単な感想にとどめたいと思いますが、どうでしょうか、大変濃密な感じがしないでしょうか。たぶん夏目漱石の小説『夢十夜』が話の下敷きに使われていると思うのですが、どうにも避けることのできない関係の中で出会っている男女の姿が描かれています。人というのはいくえでも自由に生きて行けそうで、実際はなかなかそうではなく、どうしようもなく有限の存在である、苦しいことがいっぱいある――そういう現実を背景にした、まるで「能」の一曲でも見たかのような印象があります。

喫茶店の名は「果てしなさ」であり、座るのは「水の椅子」であり、「蜻蛉の羽で果てしない時計を二つ作ろう」というのです。この男女は何も恋人同士というだけではなく、親子でも、友人同士でもいいと思います。様々なドラマの原型がそこに浮かび上がるような気がします。「ウンメイの刺々しい鎖」を一瞬なりとも逃れたいという強い思いが伝わってきます。「この蜻蛉の羽で果てしない時計を二つ作ろう」というのは、なんとも美しい夢想です。萩原朔太郎の『青猫』が背景にあることは歴然としていますが、これはもう岡田刀水士固有の世界というべきかもしれません。
以上が、私が考える岡田刀水士の詩の魅力です。

二

梁瀬和男先生に『岡田刀水士研究』（煥平堂・一九九一年六月）という著作があり、これ抜きには岡田刀水士について何かを考えることができないくらい精細なものです。梁瀬先生は岡田刀水士門下と言ってもいい方で、刀水士に直に接していらっしゃって、岡田刀水士が亡くなった後、ご遺族から遺稿詩集の編集を依頼されています。

一方、私が岡田刀水士を本当に意識したのは一九八〇年代に入ってからでしたから、刀水士はもう亡くなっていました。ですから、私はただただ岡田刀水士の作品を読むことしか出来ませんでした。しかし、それが案外難しいのです。『岡田刀水士全詩集』などというものは、どこにも売っていないのです。そもそも岡田刀水士の詩集がなかなか見つからないのです。図書館や文学館へ行ってもすべての詩集が揃っているわけでもないのです。今回、こちらの土屋文明記念文学館が『岡田刀水士・初期詩篇』を刊行されましたが、二十年前は、本当にほとんど何もなかったのです。たとえば、平成十三年に、幻の文芸雑誌

「興隆期」が発見されました。当時、私もガラスケースの中にある「興隆期」は見ましたが、残念ながら中身は見ていません。特に、昔の同人誌の類をさがし出すことが一番大変です。そんな風にあちらこちらの図書館や文学館をめぐっていた時——実はその時は、同じ群馬県の詩人・清水房之丞の作品をさがしていたのですが、「耕人」という雑誌の中に多量の房之丞作品と岡田刀水士の詩篇を見つけだしたのです。その実物は、今回、日本近代文学館から借りて展示されているものですが、本当にそれを見つけた時はちょっとふるえました。梁瀬先生のご本の中にも示されていない作品が、多量にあったのですから、びっくりしたのも当然です。とりあえず記載されている作品の一覧表をつくり、「上毛国語」という研究誌に発表しました。それからずっと「耕人」掲載の作品、ほぼ一篇一篇を読み、ノートを書き継いでいます。「東国」という詩の同人誌に連載させていただいているのですが、今、ちょうど「耕人」の掲載作品について書き終わり、やっと多田不二主宰の雑誌「帆船」に掲載されている刀水士作品に取り掛かったところです。

それはさておき、こんな風に「耕人」の存在がごく最近まで表に出てこなかったのは、岡田刀水士自身がそのことに触れてこなかったからです。色々な方にお聞きすると、岡田刀水士という人は、どうも余り過去の作品に頓着しない、過去を振り返ることをしなかった人のようであります。間に戦争期を挟んでいることも理由の一つかもしれませんが、それにしても、と考え込んでしまいます。あるいは、積極的に「封印」したということもあるのではないか、と考えたりします。もしも、ご本人が打ち捨てた作品を暴きたて読んでいるとすれば、それは申し訳ないことですが、まあ、「耕人」の全篇を読んでみますと、岡田刀水士という方は、過去を余り振り返らない人だという風に、今は考えております。

さて、「耕人」は、当時の朝鮮で出されていた雑誌で、編集者は内野健児（新井徹）という人で、旧制中学の先生であったようです。余分な話ですが、直木賞作家の森田誠吾が書いた『中島敦』（文春文庫）二十八頁に、中島敦が京城中学の三年時にその内野健児先生に漢文を習ったことが出ています。内野先生は、秀才の中島敦にたじたじで、いつも謝っていたそうです。「耕人」は、創刊当時は様々なジャンルの総合誌ですが、しだいに詩中心になっていきます。岡田刀水士は清水房之丞とともに、その創刊号（大正十一年一月）から作品を発表しています。その時、岡田刀水士は二十一歳、県の師範学校の学生でした。さらに九月、多田不二主宰の「帆船」に初めて作品を出します。こちらは、萩原朔太郎の推薦があったようです。もっとも、刀水士が彼らしい魅力を示すのは、翌、大正十二年になってからだと思います。

ここでは、私の好みで「妖魔風の電柱」を読んでみます。

どんよりした雲晴れのきれ目をかいて
今まつ赤な月が登る

くらひ麦畑を越した道ばたの電柱に
蛾のような女がブラリひつかゝつて
びつしより電気に濡れてゐる
かゝる電柱の頂《いただき》は
夜汽車の遠い強い強い車輪で揺すぶれ
しけつぽい絹糸の光線がときどき風で放物線を画く
かゝる光線の蔭に石碑のごとく
軽い林檎のごとく時計が架けられ
地べたを蔽つたヒバの下梢の悲しい場所で
遠方のもののようにセコンドを刻《きざ》む
見たまへ恐ろしい画はここで描《か》かれる
骸骨や死蛾やもののゆすぶれやは
ここからベタベタ紙のように重なりてもりあがる。

大正十二年（一九二三）十月号の「耕人」に発表された「妖魔風の電柱」の全行です。同号には、他に四篇が出されているが、この作品の完成度が一番高い。

どうでしょうか。こういう詩ですから、読んですぐ分かるというわけにはいきませんが、イメージはしなやかで、くっきりしていることは、すぐ分かるのではないでしょうか。雑誌「耕人」の前年の作品と比べるとよく分かるのですが、ここにはもう意味不明の言葉はありません。刀水士は自分が何を描いているのか、よく分かった上で書いているということが、こちらにも分かる気がします。

「まつ赤な月」が登るのは、おそらく岡田刀水士の心の闇なのだろうと思います。その「月」は、創作欲のようにも、〝性衝動〟のようにもみえます。暗い道にある「電柱」、そこに「ひつかゝつて」いる「蛾のような女」から目をそむけたいのですが、かえって見入ってしまいます。毒々しいくらいに私を惹きつけます。全身が水で濡れたように、電気にまみれています。見上げると、電線は、まるで私の心のように揺れ、放物線を描いています。現実の世界の「時計」は、一方では「石碑のごとく」硬く、一方では「軽い林檎のごとく」はかなく見え、たぶん自分が詩を書いている場所はここだ、ここなのだ——非現実な場所なのだと、岡田刀水士は言っているのではないでしょうか。思春期特有な、ある種の徹底性は、人の生の果ての「骸骨」を見せ、死んだ「蛾」に興味を持たせ、精一杯その心を「ゆすぶれ」させるのではないでしょうか。電柱には街灯でもあったのでしょうか。そこに群れている蛾が、目に見えるようです。暗闇の中に、ぽっかりと浮かぶ明かりは岡田刀水士の孤独な魂そのもののように見えてきます。よい作品だと思います。

岡田刀水士の初期詩篇を読んで、考えなければならないことは三つぐらいあろうかと思われます。一つは、雑誌「耕人」や「帆船」の頃、岡田刀水士が本当に若かったということです。書き始めたばかりの新人が、萩原朔太郎の推薦を受けて、多田不二主宰の雑誌「帆船」に作品を載せてもらったわけです。当然、よい作品もあれば、未熟な作品もあります。出来不出来があります。

二つ目は、その時期が、まさに〝現代詩の揺籃期〟（現代詩が成立する時期）だったということです。様々な技法が試されたわけです。岡田刀水士も草野心平主宰の雑誌「銅鑼」などでも、非常に実験的な作品を書いています。

三つ目は、やはり、萩原朔太郎の影響でしょう。ちょうど詩集『青猫』の頃ですから、刀水士も幻想的な作品を多く書いています。また、多田不二の影響で神秘主義的なものもあるかもしれません。どこからどこまでが朔太郎の影響で、どこからが不二の影響なのか、簡単に言うことはできませんが、確かに両者の影響はあると思います。さらに、その一方で、まるで朔太郎の影響から逃れるように、社会的な詩を書くようになって行きます。急速に変化して行きます。時代は激しく動いているという印象を受けます。やがて、刀水士は『アナアキスト詩集』などにも作品を出すようになって行くのです。

本当は、ここで、もう数篇、傾向の違う作品を読みたいところですが、先の「妖魔風の電柱」と同じような作品をもう一つ読むことにします。なぜ、この作品を選んだかは、すぐ分かっていただけると思います。

危険な心でいつぱいのつつみ
一枚の半紙にまつくろな車輪が描かれ
それがクルクル廻るようにあざやかに正体を現はす汽車
踏切り番も植物のように色彩がなく
いつも変はらぬ青い楽譜を兵子帯からたれる

シグナルがどんな色にかはろうと
ここにはむかしからの放物線状の風が吹き通ほす
鐘の音はみんなつつみにあたつてくだけてしまひ
かけらが其処にわいわいしてゐる
運命の女は風船のように堤にうき
目もはち切れ　手も大きく　電線ははるかに都へつづく。

翌月の「耕人」十一月号に掲載された詩「線路のつつみ」です。ご覧いただいた通り、鉄道が出て来ます。鉄道つながりで取上げました。私の読みが正しいかどうか、自信はないのですが、私は次のように理解しました。

たとえば、映像として考えてみますと、「つつみ」のアップの後、「一枚の半紙」に描かれた「まつくろな車輪」が示されます。次の場面では、実際に「クルクル」まわる本物の車輪となって、やがて「汽車」本体が登場するというように展開します。もし以上のように読んでいいなら、出だしの三行はあざやかなものだと思います。

「線路」は都会につながっている。「私」には、「線路」の先にある華やかな世界がはっきりと見えています。しかし、それが見えない「踏切り番」は精彩がなく、「いつも変はらぬ」姿です。「汽車」が通ればシグナルが点滅します。しかし、その場所には「むかしから」の風が吹くだけです。すべて、都会の新しさとは無関係です。おそらくは、田舎のさまざまなことに対する違和感の表明なのだと思いますが、それにしても、「鐘の音」が「つつみ」に当たって、砕けて「かけら」になり、「わいわいしてゐる」というイメージは面白いと思います。さらに、「運命の女」が「風船のように」膨らみ、「つつみ」の上に浮いているというのは、どういうことなのでしょうか。まあ、都会へと私が誘われていることかと思うのですが、凄いイメージです。モダンな感じを受けます。

さて、先の作品と同様に、鉄道に関する作品をもう一つ取りあげたのには理由があります。「鉄道」というものに、時代がよく象徴されていると思うのです。当時の岡田刀水士の立っていた場所も、そこに示されているような気もします。まず、当時の「鉄道」が時代の中でどのような意味をもっていたのか、そこから考えてみたいと思います。岡田刀水士の詩「線路のつつみ」では、「線路」はまちがいなく都会へとつながり、地方都市にいる作者は「線路」を通して、時代や世界を感受するという構図を示していたのではないでしょうか。たとえば、次のような指摘があります。

人口の都市集中は前の時代にも増して進行し、人や物の流れは、都市と都市、都市と農村、都市と近郊など、また産地と市場、加工地など、その構成をより複雑で巨大な規模のものとしていく。駅は、このような変化に対応して、そのかたちをかえていく。／それは、いわゆる大量化現象としてとらえられるべき動向であろう。／資本主義の発達・高度化がもたらす大量化現象は、社会の隅々にまで浸透していく。そのような傾向を、駅は、いわば先取りしていたということにならないであろうか。／すなわち、多くの人びとが集まっては散っていく駅、それはすでに近代社会における個人の「不特定多数」化の状況をもたらしていった。

以上、原田勝正『駅の社会史』（中公新書・一九八七年十月）から引用した。明治三十九年（一九〇六）三月三十一日に、鉄道国有法が公布されている。

私は右の引用文に、ほとんど付け加えるべきことばをもちません。日露戦争後から第一次世界大戦前後にかけて進行する資本主義の発達がそこにあります。「大量化現象」により「個人の無個性化」がもたらされ、人々は疎外されるとともに「自由」を手に入れていきます。結局、それはやがて太平洋戦争へと向かう流れの中で消え失せてしまうものにせよ、その時、いったん手に入れた一種の〝流離感〟は、ついに岡田刀水士が晩年まで握って離さなかったもののように思えるのです。岡田刀水士は、萩原朔太郎の〝『青猫』時代〟の弟子と言っていいと思いますが、その意味では、『青猫』の中のエロティックなもの――〝内臓感覚〟と言ったらいいか、心の中の汚いものを、終生、テーマにしたと考えられます。逆に言えば、清らかなものを求めているということでありますが、心の奥底にある〝感情〟をなんとかつかもうとした詩人が萩原朔太郎であり、岡田刀水士だろうと思います。岡田刀水士は、一たんは、社会的な方向に向かうのですが、彼の本当のところはエロティックさや、〝内臓感覚〟の方にあると思います。そういう岡田刀水士の姿が、この二つの「鉄道」が扱われた作品の中にあらわれていると思うのです。それを、本日の結論にさせていただきたいと思います。どうもありがとうございました。

大手拓次についての簡単な年譜

＊多くの研究書等を基として、本書が必要とする最小限の情報をまとめたものである。

一八八七年（明治二十年）
十一月三日　群馬県磯部温泉で、旅館の次男として生まれる。幼くして父母を亡くし、同温泉の開拓者でもあった祖父母に育てられた。

一九〇〇年（明治三十三年）十三歳
四月　県立安中中学校（現在の安中総合学園高等学校）入学。

一九〇五年（明治三十八年）十八歳
四月　安中中学が、県立高崎中学校の分校となったため、本校（現在の高崎高等学校）へ転校。

一九〇六年（明治三十九年）十九歳
三月　県立高崎中学校卒業。
九月　家督相続することになったものの、それを弟に譲り上京、早稲田大学第三高等予科（文科）に入る。

一九〇七年（明治四十年）二十歳
九月　早稲田大学文学部英文科入学。

一九一〇年（明治四十三年）二十三歳
二月　ボードレール『悪の華』原書を丸善で入手。

一九一二年（明治四十五年・大正元年）二十五歳
七月　早稲田大学英文学科卒業。卒論「私の象徴詩論」。
九月一日〈詩日記〉に「一団」という詩的な表現がある。
九月七日〈詩日記〉に「向日葵の咲く畑のなかに」という詩的表現。
十月二十七日〈詩日記〉に「慰安の鬼」という詩的表現。
十二月　雑誌「朱欒《ザムボア》」（北原白秋主宰）に、詩二篇（「藍色の蟇」「慰安」）。

一九一三年（大正二年）二十六歳
八月「創作」（若山牧水主宰）に「美の遊行者」ほか二篇。

一九一四年（大正三年）二十七歳
大学卒業以来、就職もせず、祖父からの仕送りも絶える。磯部へも、たびたび帰省している。「吉川惣一郎」というペンネームの使用は、この年までであった（大正七年に、詩「魚の祭礼」で例外的にペンネーム使用）。

六月十七日　詩「銀の足鐶―死人の家をよみて―」
六月二十一日　詩「躁忙」を執筆。
六月二十二日　詩「雪をのむ馬」を執筆。

一九一五年（大正四年）二十八歳
一月七日　詩「曼陀羅を食ふ縞馬」を執筆。
二月「地上巡礼」に「陶器の鴉」ほか四篇。
四月「アルス」に「黄色い馬」ほか三篇。
この年も、依然、東京と磯部を往復している。

一九一六年（大正五年）二十九歳
一月　北原白秋より初めて手紙をもらう。
六月　ライオン歯磨本舗（広告部）に就職、文案係となる。
十一月　萩原朔太郎より初めて手紙をもらう。

一九一七年（大正六年）三十歳
一月　同僚の画家・逸見亨らと詩歌版画誌「異香」を発行。
四月十日　詩「暁の香料」を執筆。

一九一八年（大正七年）三十一歳
九月　祖母死去（八十八歳）。

一九一九年（大正八年）三十二歳
祖母の死や祖父のおとろえに気を重くする。
十二月　祖父死去（八十九歳）。

一九二〇年（大正九年）三十三歳
四月　福島、仙台、秋田を単身旅行。
八月十日　詩「香料の墓場」を執筆。のち、大正十二年に「詩と音楽」に他六篇とともに発表。

一九二一年（大正十年）三十四歳
二月から四月半ばまで、眼疾のため会社を欠勤。
四月　眼疾（結核性）悪化し、入院。七月に退院。
四月二十六日　詩「白い狼」を執筆。翌年、「詩と音楽」九月号に掲載。
十月　急性中耳炎のため入院し、十二月に退院。
十月　『現代詩集』第2輯に、詩「鼻を吹く化粧の魔女」ほか四篇を掲載。

一九二三年（大正十二年）三十六歳
三月　「詩と音楽」に「香料の顔寄せ」ほか六篇。依然として、医者通いは続いている。

一九二四年（大正十三年）三十七歳
八月　北原白秋より詩集出版の話があり原稿を送るものの、結果的に実現しなかった。

一九二五年（大正十四年）三十八歳
二月　大木惇夫の詩集『風・光・木の葉』出版記念会に出席。

一九二六年（大正十五年・昭和元年）三十九歳
四月　大木惇夫との交流が始まる。
五月　大木惇夫のはからいで、初めて北原白秋と会う。
六月　北原白秋から、再度、詩集刊行あっせんの話があるが、今回も実現しなかった。
十二月十六日　詩「もえたつ吹雪」を執筆。

一九二七年（昭和二年）四十歳
「近代風景」に、毎号、詩を発表。
八月　北原白秋宅を訪問。

一九三二年（昭和七年）四十五歳
六月二十八日　詩「こゑ」を執筆。

一九三三年（昭和八年）四十六歳
三月　茅ヶ崎、南湖院に入院。
八月「中央公論」に、詩「そよぐ幻影」（絶筆）を発表。

一九三四年（昭和九年）
四月十八日　南湖院にて死去。

一九三六年（昭和十一年）
十二月　第一詩集であり、遺稿集でもある『藍色の蟇』をアルス社より刊行。菊判、革装。編集と装丁は逸見亨による。北原白秋の序文と、萩原朔太郎の跋文。

一九四〇年（昭和十五年）
十二月　第二詩集『蛇の花嫁』を龍星閣より刊行。菊判。正確に言うと詩画集である。

一九四一年（昭和十六年）
三月　訳詩集『異国の香』を龍星閣より刊行。

一九四三年（昭和十八年）
十二月『詩日記と手紙』を龍星閣より刊行。

一九六八年（昭和四十三年）
十一月　『日本詩人全集』（新潮社）19巻で、篠田一士が大手拓次を論じている。

一九六九年（昭和四十四年）
六月　『現代詩鑑賞講座』（角川書店）第4巻で、佐藤房儀が大手拓次を論じている。

一九七〇年（昭和四十五年）
四月　『日本の詩歌』（中央公論社）26巻で、伊藤信吉が大手拓次を論じている。
十月　『大手拓次全集』全五巻・別巻（白鳳社）刊行開始。翌年、十一月に完結。

一九七三年（昭和四十八年）
六月　生方たつゑ『娶らざる詩人　大手拓次の生涯』（東京美術）刊行。

一九七五年（昭和五十年）
四月　野口武久編『日本の詩　大手拓次』（ほるぷ出版）刊行。

一九七八年（昭和五十三年）
三月　『暮鳥・拓次・恭次郎』（みやま文庫）刊行（桜井作次「恋と生涯」、松井好夫「拓次の性格と作品」、野口武久「拓次の詩」が収録されている）。
九月　原子朗『定本　大手拓次研究』（牧神社）刊行（白鳳社版『大手拓次全集』別巻であったものの改

訂版である）。

一九八五年（昭和六十年）
十一月　関口彰『迷乱の果てに　評伝　大手拓次』（私家版）刊行。

一九九一年（平成三年）
十一月　原子朗編『大手拓次詩集』（岩波文庫）刊行。

一九九六年（平成八年）
八月　群馬県立土屋文明記念文学館は、第２回企画展「山村暮鳥・大手拓次」を開催し、図録を発行。

二〇〇〇年（平成十二年）
十月　『群馬文学全集』第６巻（群馬県立土屋文明記念文学館）は、飯島耕一編の「大手拓次」と、梁瀬和男編「岡田刀水士」で構成されている。

あとがき

大手拓次の名前は、中学時代から知っていた。白秋門下の〝三羽烏〟である室生犀星、萩原朔太郎、大手拓次の一人だから、まあ、群馬の地ではビッグネームである。とは言え、その三人の中で、当時、私が読んだと言えるのは萩原朔太郎だけで、大手拓次の詩に親しみは持てなかった。

だから、大手拓次の詩に対して、本当に身を入れて読んだのは、この数年のことに過ぎない。

というわけで、この『大手拓次の方へ』は、特に大手拓次についての研究とか、評伝というような、きちんとしたものではなく、単なる感想であり、雑文である。この点は特に強調しておかなければならない。タイトルにある通り、そちらの方へ向かいたいという願いがあるばかりだ。

自らに課したのは、北原白秋や萩原朔太郎に絡めて大手拓次を語らないことと、原子朗の研究に触れないことであった。もちろん、全く触れないわけにはいかないが、基本的に、それらの人々の言説と離れたところでないと、自分なりに大手拓次を論じることが出来ないと感じたのである。

身勝手な感想に過ぎないが、今は、少し大手拓次のことが分かったような気がしている。植草甚一に「モダン・ジャズを聴いた六〇〇時間」というエッセイがあり、彼が時間をかけてモダン・ジャズを聴いているうち、いくらか分かるようになり、その感じを「フワフワとやわらかくて、親しそうに口をきいてくれるような気がする」と書いている。確かに、理解するというのはそういうことだなと思う。時間をかけるしかない。

出来れば、植草甚一がモダン・ジャズを「紹介」するようにしながら、思いがけない高みに達したような、そんな語り方をマネしたかったのだが、ものの見事に失敗した。どうして私は、こうも生硬な言い方しか出来ないのか、今はただ、反省しきりである。

同時期に書き継いでいた『草森紳一の問い』が先に出たが、私の中では、この〈大手拓次論〉と〈草森紳一論〉は、どこかでつながっているような気がしていた。今ごろになって、それをつないでいるのが植草甚一だったことが、ようやく自分でも分かったところである。私はただ、植草甚一のように、あれも面白いし、これも不思議だとか、楽しみたいだけなのであろう。

二〇二一年九月

愛敬浩一

■『大手拓次の方へ』初出一覧

プロローグ　――詩「蛙の夜」を読む　「詩的現代」三六号（二〇二一年三月）

1　大手拓次には詩が必要なんだ　「詩的現代」二九号（二〇一九年六月）

2　大手拓次について、もっと突っ込んで勉強してみよう　「詩的現代」三〇号（二〇一九年九月）

3　大手拓次の詩について考えるため、彼の日記を読む　「詩的現代」三一号（二〇一九年十二月）

4　大手拓次をどう読むか　「詩的現代」三二号（二〇二〇年三月）

5　篠田一士は大手拓次をどう読んだのか　「詩的現代」三三号（二〇二〇年六月）

6　伊藤信吉は大手拓次をどう読んだのか　「詩的現代」三四号（二〇二〇年九月）

7　詩「銀の足鐶」を読む　「ミて」一四七号（二〇一九年六月）

8　感覚によるいたんだテクストの解読　「詩的現代」三五号（二〇二〇年十二月）

9　幻の同人誌「あをちどり」　（書き下ろし）

10　詩を読むことは「演奏」なんだ　（書き下ろし）
11　大手拓次について、批評的な書き方ができるか　（書き下ろし）
12　軽いマニア病　（書き下ろし）
エピローグに代えて　――詩より他に神はなし　（書き下ろし）
（付1）訳詩というレッスン　――大手拓次〝薔薇忌〟における講演
二〇一四年四月二十七日　磯部温泉会館にて
（付2）岡田刀水士の初期詩篇　群馬県立土屋文明記念文学館第53回企画展（二〇〇六年十一月十二日）

＊　大手拓次の詩篇等の引用は、岩波文庫を基本とし、そこに収録されていない作品については白鳳社版全集に拠った。

著者略歴

愛敬浩一（あいきょう・こういち）

１９５２年群馬県生まれ。和光大学卒業後、同大学専攻科修了。私立高等学校教諭、日本私学研究所客員研究員（兼任）等を経て、現在、群馬大学非常勤講師。日本現代詩人会会員。他に、群馬詩人クラブ幹事、第16回国民文化祭群馬大会現代詩部門予備審査委員、「詩の街　前橋若い芽のポエム」推薦委員（前橋教育委員会主催）、前橋文学館賞選考委員、群馬県高等学校文化連盟文芸専門部幹事、「暮鳥・文明まつり」詩の選考委員、群馬県文学賞（評論・随筆部門）選考委員、H氏賞選考委員等を歴任。２００２年には、『詩を噛む』（詩学社）にて群馬県文学賞（評論部門）受賞。著書は、詩集『それは阿Qだと石毛拓郎が言う』（詩的現代叢書）、書き下ろし詩集『赤城のすそ野で、相沢忠洋はそれを発見する』（詩的現代叢書）、詩集『メー・ティはそれを好まない』（土曜美術社出版販売）の〝三部作〟の他、現代詩人文庫17『愛敬浩一詩集』（砂子屋書房）、新・日本現代詩文庫149『愛敬浩一詩集』（土曜美術社出版販売）等。また、評論・エッセイとして、『岡田刀水士と清水房之丞――群馬の近現代詩研究』（詩的現代叢書）、『草森紳一の問い』（詩的現代叢書）、［新］詩論・エッセイ文庫10『詩人だってテレビも見るし、映画へも行く。』（土曜美術社出版販売）等。専門は中世歌謡（閑吟集）と近・現代詩、映画、文章表現。

［新］詩論・エッセイ文庫 16

大手《おおて》拓次《たくじ》の方《ほう》へ

発行 二〇二一年十一月十二日

著者 愛敬浩一
装丁 高島鯉水子
発行者 高木祐子
発行所 土曜美術社出版販売
〒162-0813 東京都新宿区東五軒町三—一〇
電話 〇三—五二二九—〇七三〇
ＦＡＸ 〇三—五二二九—〇七三二
振替 〇〇一六〇—九—七五六九〇九
印刷・製本 モリモト印刷
ISBN978-4-8120-2648-9 C0195